新浅草物語

目次

1 からくり時計 …… 8
2 人生は旅人 …… 35
3 県民ホールの感激 …… 48
4 アフターコンサート …… 61
5 広がる夢 …… 82
6 どんでん返し …… 94

7 ロンドンから帰国へ …… 105
8 新たな決意 …… 117
9 浅草を見直す …… 126
10 ニューヨークの本舞台 …… 136
11 セントラルパークの契り …… 151
12 浅草ばんざい …… 158

新浅草物語

1 からくり時計

(一)

「あっ、何か白いもんが落ちてきたわ」

道端で由紀の隣にいた若い女性が声をあげた。

そう言えば辺りは急に冷えてきた。彼女も初めて自分の肌で綿雪に気づく。

母が選んでくれた真紅のコートの肩口が、白く光っている。

浅草仲見世通りに沿った裏道から、広い雷門通りに出た途端のことである。

彼女はその長い素直な髪をそっと分け、整った目鼻立ちを歪めて、恨めしそうに空を仰いだ。どうも雲行きが怪しい。

目の不自由な彼女だが、いま浅草観光センタービルを望む所にやって来た。目的はそのビルの二階辺りの壁面から、間もなく現れるはずの「からくり時計」を見るためである。

アーケードの外に出て立ち止まると、足元が冷える。路上も一面黒く濡れて来た。本降りになる前に早く「からくり時計」を見たい、いや聴きたい。

由紀は前に一度ここで聴いたことがあるが、それがビルの建替えと共に新しくなったと聞き、今朝足を運んだのである。

前のは、からくりのお囃子の音《ね》がとてもユニークで忘れられない。彼女にとってそれが浅草の音なのだ。果たして今度はどんなだろうか。

今日は師走も押し迫った十二月二十七日。

この日の夕刻、芸大卒業生による歳末助け合いのチャリティーコンサートが浅草公会堂で開かれる。年末にもかかわらずコンサートのチケットはほぼ完売と聞いている。

由紀はとても嬉しい。

久し振りのコンサートとあって緊張気味の彼女だが、気分転換も兼ねて開演前、リハーサルまでの空いた時間を利用して、付き人もなくひとりでやって来た。

「からくり」、朝一番のパフォーマンスは午前十時と聞いていた。

正時が近づくにつれ大勢の見物客が集まり、歩道を一杯にして皆、向かいのビルの窓を見上げている。

もうすぐ十時だ。待つ身にとっては一分でも長い。

由紀は「からくり」が目当ての見物衆とは少し離れた大通りで、人力車の客待ちをしている印半纏の若い俥夫《しゃふ》に声をかけた。

「ねぇ、お兄さん、からくりの扉、雨でも開くの？」

中肉中背で、ひとの良さそうな短い髪をした俥夫が応えた。

「開くと思います。でも雪ではねぇ、中に吹きこむでしょう、どうかな」

俥夫は首に巻いていた手拭いで車の足元の雪を払った。

「お姉さん、服が濡れるから屋根のあるこの車の中で待っていたら」

「あら、いいの？　あたし、お金持っていないわよ」

俥夫は笑った。

「いいっすよ、別に走るわけじゃないから、それに客もいないし…」

「嬉しい、ありがとう」

遠慮せず、それでいてちょっと恥ずかしそうに近づき、足を車に乗せようとする彼女は白い杖を手にしている。

「えっ、目が不自由なの？　そんなら僕の肩につかまって」

倖夫は、車の梶棒を下ろし足で抑え、彼女の手をとった。

「ありがとう、助かるわ、人力車って中はこんなになってるのね。はじめてよ」

手探りで人力車の中が二段になっているのを確認し上の段に登った。

「眼は大丈夫なんですか」

「はい、弱視なんです。多少見えます。貴方がハンサムなのもね」

由紀の弱視は細かいものが見えづらく、視野が狭い。

ハンサムと言われて、倖夫は大袈裟に反応する。

「それがわかるなら大丈夫！」

二人は思わず笑った。

やがて時計が十時になった。だが「からくり」の窓は開かない。

一分、二分、三分…。

「おーい、どーした！　動かんぞ！」

「金返せ！」

「ばーか、金なんて払ってないじゃん」

「その金じゃねぇ、打つ鐘じゃ」

群衆から笑い声がどっと湧く。

人力車の中から、

「あらっ、やっぱりダメね。眼がよく見えないので、音だけでお囃子を、浅草を味わおうと思ったのに残念。でも一時間毎でしょう、晴れたら次があるかもね。お兄さん、ほんとうにありがとう。ご親切、忘れません」

倖夫は由紀の手を取りながら彼女を車から降ろし、

「申し訳ありませんね」と声をかけた。

「お兄さん、貴方のせいじゃなくてよ。わたし、小山由紀っていうの。

お兄さんのお名前、聞いていい？」

「僕ですか、西田健と言います、学生です」

「西田さん？　今度、お金を貯めて来るから、貴方の車に乗せてね、そして浅草巡りをするの」

「大歓迎！」

若い俥夫は、人力車「えびす屋」のチラシを渡し、割引券を添えた。

その裏に彼の名前が書いてある。

「僕、来春卒業だから、あといくらもありません。運良くお会いできるといいですね。あっ、足元に気をつけて」

由紀は頷き、手を振って別れ、雷門の大提灯下をくぐって仲見世に消えた。

由紀は「からくり時計」は見られなかったが、何か浮き浮きした気分でいる。胸がキュンとした。こんなことは久しくなかった。

小山由紀は二十八歳。

生まれつきの弱視で、赤ん坊の時は泣いてばかりいた。

両親が由紀の目が見えないと気づいたのは彼女が満一歳になった頃で、それからあらゆるところの病院を訪ねて治療法を探した。

アメリカに名医がいると聞けば、由紀を連れて飛んでもいった。

しかし、全てが徒労であった。

ある日、母親が由紀がおもちゃのピアノを叩いている時は決して泣かないことに気づき、眼は不自由だが音感は優れていると思った。

そこで、小学校からピアノの英才教育をほどこした。

芸大のピアノ科を優秀な成績で卒業した彼女は、ソリストとして日夜研鑽に励んでいて評価も高いが、本人は世の中そんなに甘くはないと思っている。

彼女の父親は、横浜で準大手の建設会社を経営している。

その意味では由紀自身が働かなくても生活に不安はない。

常日頃から「由紀、お前の目が不自由なのは、親である私達の責任。成人になっても親に生活をみて貰っているからといって、卑屈になることはないんだよ」といってくれている。

そんな親はありがたいが、いつまでも頼っている訳にもいかない。親が逝ってしまったら、と考えると不安になる。

でも、あたしのような者を伴侶としてくれる男性はいるだろうか。

由紀は自分は障害者との自覚から、自分の方で男性に近づいたことはない。

その美貌振りは芸大時代も評判で、何人かの男性からプロポーズされたことがある。

しかし、外見の容貌は歳とともに衰え障害だけが残る、そう信じている由紀自身は、冷めた気持ちでこれまでを過ごし、この歳になった。

由紀は仲見世の商店街を覗きながら、いや、耳元で聴きながら、次の時間の「からくり」を聴こうと時間潰しをしていたが、雪が次第に激しくなり、外気温も急激に下がってきたので諦めて公会堂の楽屋に戻った。

なぜか、外は寒いのに、由紀の心は暖かい。

この日のコンサートは大成功であった。

（二）

年が改まって正月の八日、由紀は再び浅草に向かった。

今日は黒のコートに赤いスカーフで下はパンツスーツ。つばの大きい黒い帽子を被る。なかなかのセンスだ。これも母親の選択だろう。


今日の浅草行きは、母には暮れのコンサートのスポンサーへのお礼参りということにしている。

「からくりを観て、そのあと人力車に乗るの。西田さんがいるといいな」

割引券に人力車の電話番号が書いてある。でも電話するほど大仰にしたくない。

そんな密かな期待とためらいを込めて、前回と同じ時刻に雷門へ…。

幸い、今日は天気がいい。浅草はまだ正月気分が残っていて、晴着姿の女性もちらほら見える。

雷門の付近では、いつものように人力車が四、五台、客待ちをしていた。

由紀は探すような、探さないようなふりで西田さんを求めるが、西田さんの車が見当たらない。

　そこで思い切って人力車の仲間の一人に聞いてみた。

「今日は西田さんはいないの？」

「ああ、彼ね、今日は出初め式で、あっちへいっています」

「出初め式？」

「そう、あいつ、トビ（鳶）の手伝いに行っているはずです」

「トビ？」

「ええ、彼の父親は「一番組」のかしらで、江戸消防隊の指揮を執っているんです。梯子乗りの名手、今は歳とって若いもんに任せているけど…」

「それ、どこでやるの？」

　由紀は興味津々で、たたみかけるように聞く。

「江東区有明のビッグサイト。昔はこの近くでやったんだけれど」

「素敵！　今から行っても見られるかしら？」

「今から？　うーん、多分間に合うと思います。地下鉄で新橋へ行って、そこからモノレール、『ゆりかもめ』で行けばいい」

「わかったわ、じゃ、行って来ます。ありがとう」

急遽、目と鼻の先の地下鉄、浅草駅へ方向転換！　持っている杖が滑りそう。

由紀は「からくり時計」を観に浅草に来たんじゃなかったのか。

（へー、西田さんはトビの息子なんだ。じゃ、生粋の江戸っ子かも…）

そんなことを考えながら、電車を乗り継ぎ会場へ急いだ。

気が焦る、でも白い杖を持っていると、どこでもみんな親切に扱ってくれるので意外に早く、出初め式の会場に着いた。

会場は広くて大変な混み合い。残念な事に消防庁吹奏楽隊の演奏やパレード、消火訓練など主だった行事は既に終わっていた。

今、最後のトビ職人による木遣りと梯子乗りが始まっている。

由紀は飛び入りの参加なので見物席はない。どうせ見えないのだから、と少し群集から離れたところで、ひとりでぽつんと立ったまま、会場の音の方に耳を傾けていると木遣りの掛け声が聞こえて来る。

「や〜あーあ　やぁ〜りょ〜、え〜え〜よーおー」

その音声に由紀はその場に釘づけになった。今までに耳にしたことのない類のものだ。

白杖を手に全神経を集中させて立っている彼女の様子を、偶々近くで見ていた会場整理の係員が寄って来た。

「あなた、そこでは見えんでしょう。出演者の控え席があるので、よかったらこっちへいらっしゃい。秘密の席です。特別ですよ」

「えっ、いいんですか、ありがとうございます」

未知の人の親切は心に響く。

この係員は会場とは反対側のテントの張った「関係者席」に由紀を案内した。

そこへ今、揃いの印半纏、法被に捻り鉢巻姿で、木遣りを演じた一団が戻ってきた。

その隊列の中央にいた西田が、関係者席にちょこんと座っている由紀に気づき声を上げた。

「あれっ！小山さん、小山さん！」

驚いたのは由紀の方もだ。声の方を振り向き、思わず立ち上がった。

「どうしてここに？」

西田が訝る。由紀は得意になって応えた。

「どうしてでしょう、当ててごらんなさい」

（三）

法被を脱ぎシャツに着替えて西田は由紀の前に現れた。

二人は近くのコーヒーショップに入る。

由紀が聞く。

「西田さん、どこの大学に行っているの？」

「早稲田の建築科です。今、卒論を家で書いているので、ほとんど大学には行っていません。昼間はあの雷門ですが、今月一杯でやめます」

「就職は？」

西田は頭を掻いた。

「まだです。一級建築士の資格が先だと思っているもんですから」

由紀は自分の父親が一級建築士で会社を持っている、と言おうと思ったが、あまりにも直裁的な話になるので控え、こう言った。

「いいわね、夢があって！」

西田はまた頭を掻く。

「本当は浅草で、鳶職をやりたいんです、町鳶です」

今度は由紀が驚く。一級建築士の鳶職！

「鳶職？」

「そう、何かおかしいですか？」

「いや、そんなことないけど…」

「小山さんは？」

お鉢が回って来た。

「あたし？ピアニスト。夢はあるけど、こんな状態でしょ、時折リサイタルを開くけど、実体はピアノの教師」

「ピアニスト？　素敵じゃないですか。年末のあの雪の日はコンサートで見えたのですね、一度、聴きたいな。僕もたまに格好をつけてクラシックのコンサートに行ったりしていますが豚に真珠かも」

由紀は本気とも冗談ともつかない風をして顔を上げた。

「木遣りにクラシック、面白い組み合わせね」

もう二人はすっかり打ち解けている、年の差も考えずに。

「小山さん、これから時間、あります？　もしよかったら、浅草の美味しい店でお昼、どうですか」

「いいわよ、だけど今日は年上のあたしがご馳走します。場所はお任せするわ」

西田はお茶の支払いを済ませて、由紀の白杖を手にした。

「今日だけはこの先、僕が杖になりますから、僕の腕にしがみついてください。しがみつかれたからと言って、おれに惚れている、なんて自惚れちゃいませんから、御心配なく」

そう言いながら西田は笑う。

由紀は内心、揺れるが、平静を装った。

「恋人と言うより介護役ね。悔しいけど…」

帰りも来た時と同じように、モノレールと地下鉄を乗り継ぎ浅草にやって来た。

電車のなかで、西田は木遣りの蘊蓄《うんちく》を傾ける。

「木遣りは元々、木を運ぶという意味なんです。

重い木や石を大勢で運ぶ際、息を合わせるために唄ったものなんです」

「ふーん、あの江戸城の石などもそうして運んだのね」

「きっとそうだと思います。それが江戸では町の火消しの鳶たちのたしなみとして、住宅の棟上げや祝儀、祭礼などの練り唄に転用されたのです」

「ちょっと聴いただけでは単調だけれど、いろいろ深い意味があるのね」

「そう、実際に唄ってみると難しいんです。声の抑揚も…」

「途中から転調するでしょう、ソロの部分もあったわね、よく聞こえなかったけれど」

「さすがは音楽家。そう、木遣り唄にも前奏曲があるんです。その後の歌詞はいずれお教えしますよ。ちょっと色っぽいのも…」

楽しい会話が続いているうちに電車は浅草に着いた。

「小山さん、あなたのために、音のする店にお連れします」

「なに？　食べるところで、音楽でも聴かすの、昼間から？」

「まあ、ついて来てください」

そう言って、西田は浅草ロック街を抜けて右折、ひさご通りの直ぐ先にある提灯が沢山ぶら下っている店に由紀を案内した。米久本店だ。

「ここです」

二人が入口に立つと、突然、どーん、どーんと太鼓が鳴った。

「はーい、いらっしゃい。お二人様、こちらへどうぞ！」

由紀がびっくりして音の方に目をやると、西田が言う。

「太鼓はお客さんが二人だったから二度叩いたのです。これがここの音」

「なんだかわくわくするわ、ここはなにを食べさせてくれるの」

「牛鍋です。ここではすき焼きとは言わないんです」

上にあがると大広間があって、何箇所かに席が設けてある。個室もあるが、ここの方が風情がある。

「小山さん、ちょっと付け焼き刃の知識を披露していいですか？

ここは昔、高村光太郎が「米久の晩餐」と言う詩を書いたところなんです。

夏の詩なのですが、冒頭に「八月の夜は今米久にもうもうと煮え立つ」という言葉が繰り返される長編詩です」

「若いのによく知っているわね」

「人力車引きの商売知識。浅薄そのものですよ」

西田はぺろっと舌を出す。

やがて、昔ながらの七輪が運ばれ、中居さんがメニューを差し出す。

「ねー、お姉さん、ここ一番推しの肉にして！」

「はい、承知しました」

中居が引っ込むと、

「小山さん、懐の御心配は無用。今日は出初式で、大枚のご祝儀をいただいたんです。僕のおごりです。

本当を言うと、あれからあなたがいつ現れるか、雷門でずっと待っていたんです。からくり時計が開くたびに、見物衆の中にあなたがいないかキョロキョロして…。今日会えて嬉しかった」

由紀は恥ずかしそうに頭を下げて、

「わたしも、「からくり」の方には行かずに、有明に行ったりして馬鹿ね、なんでだろう、健さん教えて！」

由紀は西田を初めて健さんと呼んだ。

それから暫く「鳶職談義」になった。

「健さんのところは代々鳶職の家系なの？」

「そうらしいです。親父も祖父も…。トビって素晴らしいですよ、浅草にぴったりの仕事です。建設業、庭師、運送屋、環境保護士、それに民生委員のようなことも兼ねているんです」

「民生委員？」

「そう、地元に密着しているのでほとんどの住民と顔馴染みなんです。それでいろんな情報が入って来ます。いいことでは結婚話、入学、昇進祝い、悪いことでは病気、孤独問題。葬式なんかは父がほとんど噛んでいます」

由紀は見えない筈の目をむくような仕草をする。

「まるで街の相談役ね、横浜じゃ考えられない、というより今の都会ではどこにもないわ」

「僕は鳶職の視点を持った建築士になりたいんです」

「ということは？」

「例えば、住宅の設計では、主なドアはみんな引き戸にするんです。縁側のように、横からも入れるオープンな家、地域に調和した家です。規格住宅反対です」

「そうね、ちょっと奥まった玄関で、ガラガラと左右に引く戸、情緒があるわね、それがバリアフリーでもあるともっといいわ」

健は由紀の賛意を得て嬉しそう。

「だけどトイレだけは現代風にします。洋式でシャワートイレというのは日本家屋の革命です」

「そうよ。昔はトイレは「御不浄」と言ったでしょう、汚いところと決めつけていたのよね」

建築談義はいつまでも続いた。

由紀の障害者の視点にも西田は大いに興味を示した。

(四)

それから一週間後、由紀は西田の人力車の客になった。

あの米久で約束したものだ。

「健さん、今日は、フルコースでお願いね、一時間コース。

今日のことを母に伝えたら、私も乗りたい、と言うの、勿論断ったわ。

そしたら、『これ、私が乗る分よ、西田さんに渡して』と「おひねり」をくれたの。

だから大舟じゃなくて大力車に乗った気分よ」

「いいお母さんですね、羨ましいな」

由紀は一瞬黙った。その雰囲気に気づいた西田は、

「僕、母を早く亡くしているんです。お母さんと一緒にくればよかったのに、二人まで乗れるんですよ」

「ごめんなさい、健さん。気分悪くした？」

「そ、そんなことないっすよ。さー、元気に出発といきましょう」

健は梶棒を挙げた。

今日は前回と違って空が抜けるような好天気だ。スカイツリーが間近に見える。だがその分寒い。

倬夫、西田は、真っ赤なひざ掛けを二枚、由紀に渡した。

「寒かったら一枚は肩にかけて！」

「あら、ありがと」

「さあ、どの順で回ろうかな、なんかご希望がありますか」

「うーん、だって、これデートでしょ、贅沢な。何処でもいいわ」

「デートだなんて。僕、その気になっちゃいますよ」

「いいわよ、でも可愛い弟かな、あたし、一人っ子だから」

人力車は、「からくり」を無視して、雷門通りから京成の浅草駅の方へ向かった。

俥夫、西田の脚元は地下足袋。その足取りは軽い。

「まず、大雑把に外を回りましょう」

吾妻橋の手前を左折、馬道通りに入った。

途中、色鮮やかな二天門を左に見る。

「この道も、先にスカイツリーができて、雰囲気も変わってしまいました」

「どんなに？」

「まず、車が多くなったこと、商店も若者向きの店が増えて、年寄りに言わせると、仲見世の裏通りの雰囲気がなくなったそうです」

「健さん、松尾芭蕉が詠んだ「花の雲　鐘は上野か浅草か」っていうのあるでしょう。あの浅草の鐘は何処の鐘？」

「ああ、お連れします。この先、あれ、少し高くなった所にあるのが弁天堂、そこの鐘です。弁天堂は芸能の御守りです」

「じゃ、わたしもお参りするわ」

「残念ながら、鐘を打つのは午前六時だけです。除夜の鐘のほかは」

「芭蕉は早起きだったのね。あの鐘の音を聴いているんだから。あたし、寝坊助だからダメ」

「ここです、降りて触ってみますか」

「いいんですか」

健の手を借りて鐘楼に近づく。

人の気配に驚いて鳩が飛び立った。

「この近くに小学校があるでしょう、子ども達の歓声が聞こえる」

健は由紀さんの敏感な音への感性に驚く。

「飛び立つ鳩、鐘の音、それに子ども達の歓声…歌になりそう」

「由紀さん、歌うの？」

気づかなかったが、いつのまにか、西田健も小山さんから由紀さんに呼び名が代わっている。

「あたし？　ええ、特に童謡が好きです。しょっちゅう歌っています、独りの時にね」

「この先は伝通院、五重の塔、浅草寺ですが、時間が勿体無いので、ひと通り前を通って、いずれ、二人だけでまた来ましょう、それでいいですか？」

由紀は人力車を横に揺さぶって、ＯＫのサインを出す。

「約束よ」

とやや高い声を上げた。健は梶棒をしっかり押さえて反応した。

「由紀さん、危ないじゃないですか、落ちても知りませんよ。僕、車曳きで看護師じゃありませんよ」

「いいもん、落ちたら訴えてやるから！」

二人は楽しそうにじゃれあった。

それから人力車は浅草寺から裏を回り、言問通りに向かった。

言問通りを越えると、この辺りには高級料亭も多い。

その先は昔の吉原だがそこまでは足を伸ばさず、芸者の検番、喜劇役者の家など俥夫、西田のジョークを楽しみながら見て回り、戻り道に入る。

浅草は平地だから車を曳くのはそんなに苦ではない。昼間から飲兵衛がたむろしている通称「ホッピー通り」を通ると、酔っ払いが、

「おーい、健坊、美人乗せてずるいぞ、俺と代われ！」

と冷やかす。健は手持ちのゴムのラッパを鳴らしながら、

「へーい、今度お願いします！　今日はダメ！」

と、軽くいなす。その背中を笑い声が追ってくる。

「浅草って面白いでしょう。あの人、知っているんです。本当の酔っ払いはいません。ここの常連なんです」

知らぬ間に人力車は出発点に戻った。

由紀は今までに経験したことのない世界を見て車を降りた。

「健さん、楽しかった。あたし、将来、浅草に住もうかな」

冗談とも本気とも取れる由紀の言葉に、

「由紀さんの家は僕が探しまーす！　鳶職は引越し屋もやるんです」

二人はここで別れた。倖夫の健は引き続き仕事があるので…。

2 人生は旅人

(一)

浅草から戻った翌日、由紀は障害者用のパソコンから西田健にメールを送った。

「健さん、昨日はありがとう、本当に楽しかった。こんな気持ちになったのは久しぶり。

でも、わたし、こんな言葉をふと思い出しました。書いていいかしら。

『月日は百代の過客にして行き交う年もまた旅人なり』

健さんもご存知、芭蕉の「奥の細道」の書き出しです。

あれは中国の李白の詩、

「光陰は百代の過客なり、而して浮生は夢の如し、歓は為すこと幾何《いくばく》ぞ」

からとったものだそうです。

そう、歓（楽しみ）は長続きしない、と言っているのです。

わたしは行き交う年を単なる旅人にしたくありません。

有意義に、必ずしも楽しくなくてもいい、日々、生きていることを実感する旅人です。それが人生ですもんね。

来週、母校を卒業生する学生による記念演奏会があり、招待されているので出かけます。わたしの後輩の障害者も卒業します。上野だから足を伸ばせばまたそちらに行けそうですが、終わりの時間がわからず、諦めましょう。

いずれ、何らかの口実をつけて伺います。「口実をつけて」よ。あ、これ蛇足。

由紀。」


健は由紀のメールの、「楽しくなくともいい」という一行に感銘を覚え、しばし、無機質の画面を見据えていた。

「これは由紀さんでなければ発しない言葉だ」

健は早速、返信した。

「由紀さん、浅草はそもそも、はずれ者の、はずれ町なんです。ここは江戸城から見れば鬼門に当たり、その鬼門除けに浅草寺ができたんです。

発祥は穢《けが》れた土地です。そんな地だからこそ、庶民文化が生まれ、伝統に囚われず他の地に無いものを取り入れたのです。

いちいち列挙しませんが、その中には大変な悲劇もありました。口幅ったいことを言いますが、それが歴史だと思います。

由紀さん、僕はあなたの楽しくなくともいいという言葉に感動しています。さぞ、わたしには計り知れない、いろいろな苦節があったのでしょう。

わたしは由紀さんのために楽しい情報を集めます。木遣りのこと、本格的に調査しておきます。

それから、由紀さん、浅草っ子の気質、知っていますか『余計なお世話をやくこと』です。僕は『余計』にならないよう気をつけますが…

健。」

この日から健は浅草の資料館、木遣りの稽古もしている神田明神にも足を運び木遣りを調べた。

そもそも木遣りの大元は仏教寺院の声明《しょうみょう》、や御詠歌だとわかった。声明はお経に節が付いたもの、日本のグレゴリー聖歌だ。さらに、日本の初期の音楽は人間の感情をモロに出さないのが原則、ということも知った。

ヨイトマケのような井戸掘りの労働歌、かつて鉄道でよく聞かれた保線区員がつるはしを振り上げ、鉄路の枕木周辺の敷石を掘り返すのに声をそろえて唄っていたあの唄。今では聞かれない。

それに多くの民謡も漁師の豊漁祈願の歌、地びき網の歌、元は労働歌であるものが多い。

健は音の世界に生きる由紀のため、彼女が興味を示しそうなものを集めようとしている。

由紀が卒業演奏会の会場にいる頃、健も卒論を提出する為に遠藤教授の研究室に向かっていた。人力車はもう辞めている。

教授は西田の論文の表題を見て微笑んだ。

「浅草保存の建築学的使命を問う」となっている。

「西田君、表題を変えたな、「問う」でなく自分なりの答えを出すのが卒論だろう」

「はい、そうですが、これまでの先端的な建築が、わたしにとっては上から目線のように思えるのです。浅草は庶民の町です。そこで、下から庶民目線、高齢者目線、加えて障害者目線で建築を考えたのです。でもわたし自身が当事者ではないので、提案にとどめたのです」

「ほう、君はアルバイトで人力車引きをやったそうだな、それでなんか収穫があったんだね」

西田は頭を掻いた。

「そう思っていただければ嬉しいです」

「結構です。じっくり読ませて貰います」

教授は好意的に論文を受けとった。

西田は論文がパスするとの「心証」を得た。


一方、芸大の奏楽堂では由紀は大学同期の佐藤洋一に出逢う。もう何年振りか。佐藤が両手を大きく広げて近づいてきた。

「由紀さんじゃないか。元気そう」

彼は指揮科を出たあと、武者修業然として世界を駆け巡っている。長身でガッチリとした体躯、各地でその指揮振りは好評、引っ張りだこという。

由紀も応じた。

「佐藤君、羨ましいな、あなたの声が生き生きとしているわ。アジアのオケ（オーケストラ）でも振っている、って聞いたけど…」

「うん、特に若者に覇気があっていい」

しばらく雑談の後、佐藤は急に思いついたように手を打って言った。

「そうだ、由紀さん、今度、僕の出身高校のＯＢが中心になって出来たアマチュアのオケから指揮を頼まれているんだ。君、ピアノ、やってくれない？　協奏曲。君の腕は僕がよく知っている」

「わたしが？　コンチェルト？」

「そう、ショパンの一番、どう？　尤もチャリティーだから、ノーギャラ」

「ノーギャラはいいけど、あたし、オケとの競演はやったことがないのよ」

「それだったら、絶好のチャンス。いい勉強になるよ。君にはアマのオケじゃ不満かもしれないが、そこそこやるよ。会場は神奈川県民ホールを押さえてある。君の家、横浜だったよね。頼むよ」

由紀は暫く考えて返事をした。

「うーん、どうしよう、佐藤君と一緒、よし、やってみるかな自信はないけど…」

瓢箪から駒のように、六ヶ月先の予定が決まった。

演奏会のスケジュールが、こんな場で決まるのも珍しい。同期生とはいいもんだ。佐藤の存在が由紀には急に大きく見えた。

細目の打ち合わせは後日に、ということでこの日は別れた。

「さあ、大変だ。ショパンの一番は大好きな曲だけれど…」

(二)

西田健にも変化があった。

四月に入って早々、健の父、祐太郎が息子を部屋に呼んだ。

「健、まあそこに座れ。大学、卒業おめでとう。一級建築士試験、頑張れよ」

「うん」

「そこでだ、健、わしはこれを機会に江戸火消し一番組の鳶頭を引退しようと思う。健、お前、あとを引き継ぐか、それとも副頭に任せるか、どうだ。わしはこういう時代だから、引き継げとは言わない」

健は少し間を置いて答えた。

「俺、親父さんの町鳶職の仕事ぶりを子どもの時から見て来た。町のために、自分の損得を考えず、そして細かい事を気にせず、豪快に振舞っていたのを、格好いい、と思ってきた。江戸風に言うと「いなせ」でしょう。

江戸っ子の美意識でもあるよね。俺、その気持ちを一級建築士の仕事で生かしたいんだよ。相互扶助、思いやり…いまそんな気風が都会からなくなりつつあるでしょう。せめて、ここ浅草にだけは残したい。

そのため、仲間に加えて貰って名前だけでも「一級建築士の鳶職」ってのはだめだろうか。梯子乗りは無理だなあ」

親父は頷いた。

「わかった、そんじゃ名前だけ、組合員とするように、幹部に話しておこう。一級建築士の鳶なんて初めてだから、びっくりするぞ」

「大丈夫かな、会合には出来るだけ出るよ」

最も、最近では、町鳶は兼業が多いからさほど異質でないかもしれない。

町鳶は老舗の神社の氏子でもある。祭礼、冠婚葬祭、それに自治会の世話役も務める。

健は地元の中堅工務店に取り敢えず就職した。

先方は健の一級建築士の資格が欲しいので大歓迎だが健は腰掛けのつもりだ。

健の本当の目的は「国際的観光地、浅草」の建設である。

国際的観光地とは、おもてなしとは、具体的に何か。

まず、こころに残る風景だろう、次に味わう食文化、更に心温まる体験じゃないだろうか。

いずれ外に出て、外国で定評のある観光地はどうなっているか、浅草として、新機軸を出せないものか、見て考えたい。

その上、日本の伝統と近代化をどう調和させるか、住民の意識改革も必要ではないか。

そうだ、その『近代化』に、由紀さんのような存在をどう取り込むか、それも新しい課題だ。健は欲が深い。

でも取り敢えずの由紀さんとの接点は木遣りしかない。いろいろと文献も当たってみよう。

五月、健は一級建築士の試験に合格した。

早稲田を卒業して久しぶりに大学に向かった。試験に合格したことを教授に報告するためだが、これまでなら真っ直ぐに研究室に向かうのに、どういう風の吹きまわしか、この日に限って地下鉄を出て、近くにある書店、「つたや」を覗いた。

そこで建築雑誌？　いや違う、今日は雑誌「音楽の友」に手を伸ばした。こんなことは珍しい。

ことによったら、木遣りにも多少関連のある記事が、この雑誌の「世界の音源を訪ねてシリーズ」に載っているかも、と健がパラパラとページを繰っていると、建築家の巨匠、前川國男氏が設計した神奈川県立音楽堂の建物の写真に出逢う。

「建築物は使う人への配慮が第一。それに風土を織り込む。決して設計者が前に出てはいけない。演奏者と聴衆、その接点をどこに見出すか」

そんなコメントが載っている。

この建物は一九五四年建築、戦後初めての本格的な音楽ホールだ。

出来てもう六十年も経っているのに現在でも演奏家、聴衆、双方に愛されているそうだ。前川氏はとうの昔に亡くなっておられるが、その名前は燦然と輝いている。

「ああ、建築家はこうありたい。彼に比べたら俺が目指そうとしたものは何とちっぽけなんだろう」

健はぼやく。

「俺は由紀さんに、鳶職になりたい、と言ったが、彼女はそれを何と受け取っただろうか。音楽家は演奏会場に入ってあたりを見回したとき、前川氏のような建築家を想像しているのだろうか」

大学構内のベンチに座り、買ったばかりの音楽雑誌の写真に、改めて目を落とす。その脇を若い女子学生が数人、健に一瞥《いちべつ》して屈託のない表情で通り過ぎて行く。

健は努めて冷静になり自分を見つめる。

「俺は歴史に残る名建造物を設計しようなんて、能力も知恵もない。ただ、回りと調和した居心地のいい、町と住宅を作りたいだけだ。

そんな中で、浅草が、昔ながらの日本の雰囲気を残して、外国からの観光客も喜ぶ『古き良き時代の再建』ができたら嬉しい」と思っている。

そんな思いでいた時の小山由紀との出会いである。

すでにキャリアを積んでいる彼女と未熟な自分と同列に置くのは無理だ。

取り敢えず、『木遣り』で勝負だ。

3 県民ホールの感激

(一)

「由紀、いつまで寝ているの、起きなさい」

「えっ、いま何時？」

「八時よ、今日はリハーサルがあるんでしょう」

母親の珍しい小言だ。

リハーサルとはいえ、今日は由紀にとって、初めてオーケストラをバックに演奏する日だ。

通常、オケと共演する時のリハーサルは、演奏の直前のゲネプロ、一回きりが多いと聞くが、アマチュア楽団なので練習を重ねる。

「あなた、このところイラついていない？　なにかあったの」

「母さん、どうしてそう思うの、何にもないわ、でも昨夜演奏中に指が動かなくなった夢を見たの。鍵盤が全部真っ黒になって」

由紀の弱視は鍵盤の白黒は判別出来る。

「最近、時々そういう時があるの。でも夢だから…」

「夢ならいいじゃない。でもどうせ見るなら、楽しい方がいいわよね、西田さんと一緒の、ね」

母親は鋭い。由紀は照れる。

「母さんのばーか。そんなの見るはずない！」

そういえばまだ西田健にはこのコンサートのことは話していない。

本音を言えば、是非健さんに来て欲しい。だけど初めてのオケとの共演、自信がない。

そう言いながらも、由紀の心のどこかでは当日、健が会場の最前列で聴いている姿を想像している。

由紀は完璧を期して、いつもより危なげな箇所を繰り返し練習している。

何か特別の思いがあるようだ。

由紀の家は横浜、それも「港の見える丘公園」の近く、高台にある一軒屋。両親がここなら由紀のピアノの音で周囲に迷惑をかけることもない、と選んだ。勿論、部屋に防音設備も整っている。

目の不自由な子ども本位に建てた「親ばかハウス」だ。

ピアノに関しては母は最も厳しい評論家でもある。

由紀がパジャマ姿のまま、母の入れたコーヒーを口にする。

「どうも、もう一つ気が乗らないのよね」

照れ隠しか、そんなセリフに、母親は、

「そんなことを言っていたらバチが当たるわよ。オーケストラの皆さんも張り切っていると言ってきたじゃない」

マネジャー役を兼ねている母親は、娘の普段着からステージ衣装まで選ぶスタイリストの上、心理コンサルタントまで兼ねている。

由紀は心底甘えている。だが、いま、もう一人甘えることが出来そうな人が現れた。そのことは勿論母親には言っていない。

由紀は思い切って健に招待状を送った。演奏会のいきさつも述べて。

「お仕事で忙しければ無理しないで。でももし、来てくれたら嬉しいです。ただしN響とは比べないでね。みんな一生懸命やります。わたしを含めて」

追伸として、また浅草でお会いしたい。木遣りが聴きたい、と記した。

（二）

由紀からコンサートのいきさつを聞き、さらに招待状を貰って以来、健の関心事がにわかにクラシック音楽に向いて来た。

新聞でコンサートの広告があればそれが何であれ、詳細に目を通すようになった、これまでにないことである。

自室のＣＤラックもジャズやポピュラー系のものが大半であったが、クラシック系のものが急増する。

あれから時は経過する。由紀さんに会いたいが、猛練習中の彼女の邪魔するほどの理由が見当たらない。

それでも一度だけ、メールで近況を伝え、最後に『ショパンの曲を集中して聴いている』と伝えた。果たして健の気持ちが伝わっているだろうか。


指折り数えたコンサートの日、九月十五日がやって来た。

健は朝からそわそわ、まるで自分がステージに立つかのような興奮ぶりで予定より一時間も早く家を出た。山下公園に来るのは久しぶり。

その頃、由紀もオーケストラとのゲネプロ（公演直前の最後のリハーサル）のため昼前に会場へ。

午後五時すぎ、県民ホールは六時の開場を前にすでに大勢の聴衆が並んでいる。

オーケストラが地域の住民と学生で構成されているためか、普段着の地元の人、若い女性や学生も多い。

チャリティーコンサートなので全席自由席、西田健は早目に来たつもりだが、それでも列の中程の位置。ステージの由紀の手元が見える左側の席が目当てだが取れるかどうか心配だ。

配られたプログラムによると、モーツァルトの小品の演奏が二曲ほどあって、メインはショパンのピアノ協奏曲第一番。ソリストは勿論、小山由紀。

西田はプログラムを見て初めて彼女の経歴を知る。

『目が不自由ななか、五歳からピアノを始め、高校時代に全日本学生音楽コンクール、ピアノ部門で優勝。芸大を優秀な成績で卒業後サンフランシスコ音楽院で学ぶ。周囲から将来有望なソリストとして期待されている』

とある。更に続く。

『小山は、自分自身が身体障害者で、社会の皆さんに助けて貰っていることから社会への感謝を込めて、無報酬のチャリティーコンサートをしばしば開催している。小山由紀の曲に対する解釈は繊細で、細かい気配りが音楽評論家に好評』とある。

今回はバックがアマチュアオーケストラで、技術は未知数だが、それを承知の上で出演を快諾。そこに彼女の意気込みが感じられた。

西田は驚いた。

「華奢であんなに冗談ばかり言っていた彼女が、そんな使命感を持って、ピアノに向かっているのか」

西田の目頭が潤み改めて居住まいを正す。

もう会場はすでに満席だ。場内が静まりかえった。やがて定刻開演。

小品、二曲のオーケストラの演奏が終わると休憩、ピアノが中央に運ばれる。いよいよ主役の小山由紀が、指揮者、佐藤洋一に手を取られて舞台左の袖から登場。万来の拍手を受け、真っ白なドレスの裾を少しつまんで丁寧に頭を下げた。

一段と拍手が大きくなる。健も力一杯手を叩いた。

やがてピアノに向かい、由紀は背筋を伸ばして椅子を前に引いて腰をおろす。

指揮者佐藤が由紀を優しく見つめるようにしてタクトをあげる。何か自分の姉か妹が演奏するようで、気が気でない。

タクトが降りる。

第一楽章、

ソナタ形式で、オーケストラがマズルカ風の第一主題とポロネーズ風の第二主題のあと、独奏者、由紀の指先が動く。終始華やかに曲が展開、世評通りの胸を打つ切ないメロディーだ。

第二楽章、

今度は低く、緩やかな弦の序奏で始まりピアノによる美しい主題へ。

第三楽章、

短い序奏のあとポーランドの民族舞踏を基にしたと言われる華やかなロンド、そして堂々たるクライマックスへ。

この曲の可憐さ、切なさはたまらない。由紀の思いが伝わってくるようだ。

健にとって、ショパンの曲は目新しいものではないのに、これまでに経験したことのない感慨を覚えた。それはなんだろう。

アンコールに、由紀はショパンの幻想即興曲を弾いた。会場は総立ち、万場の拍手に何度も応え由紀は退く。

健は、座席に座ったまま、呆然とし、会場が空になっても漸く立ち上がらず、やがて正面のドアを押し開いて外に出た。

そのホワイエで、何と由紀が舞台衣装のままで、指揮者の佐藤洋一ともに、来客に挨拶しているではないか。

健が思わず駆け寄る。

「由紀さん、よかった、おめでとう」

その健の声に由紀が振り向き、

「あら、見えていたの、来ていないかと思っていたわ。姿を見せないので…」

そう言って両手を差し伸べる。

「あんまり感動して、席から立ち上がれなかった。楽屋に行くのは厚かましい、と思って、余韻を楽しんでいたんです」

「ありがとう、嬉しい。あ、こちらにいるのが母です」

後ろにいた母親を紹介した。母親は笑みを返す。

「母です。浅草でお世話になったようで、ありがとうございます」

美しい若いお母さんだ。まるで姉妹のよう。

他の来場者との接遇、挨拶が続いているので、健は、改めて連絡する旨を伝えて、会場を後にした。


ひとりになって駅に向かう。

辺りはすっかり夜の帳が下りていて、ここから港の大観覧車のネオンがゆっくり回っているのが見える。にっぽん丸にも脚光が…。

夜の「みなと横浜」は浅草とはまた別な光彩を放って来訪者を魅了しているが、今日の健はひたすら帰り途を急いだ。胸の高まりは収まりそうにない。

帰りの電車の中でも、健のからだ中がぞくぞくする。何だろう、この興奮は、まるで悪寒のように震えている。こんな経験は生まれて初めてだ。

これが愛というものか、いや、そんな立派なもんじゃない。憧れか？一目惚れか。

「彼女の堂々とした立ち振る舞い、しかも控えめ。綺麗な指先…ああ、もうたまらない。彼女は女神だ」

彼女の立ち振る舞いは何から何まで新鮮。健の知らない世界の全てを備えている。西田健は何事ももう上の空。ぼんやりとしたまま、浅草に戻った。

夜の十一時過ぎ、浅草駅を出ても観音裏の自宅には戻らず、隅田川の土手に向かった。初秋の夜、川風が心地よく顔を撫ぜる。

健は上着を肩に引っ掛け、思い切って両国橋の方向に向かって走り出した。声にこそ出さないが、あの青春ドラマの一シーンのように、何かを叫んでいる。辺りに人通りはない。西田健、二十二歳の青春だ。

やがて、川向こうのビルの窓の灯りもぽつぽつと消えて一面暗くなり、月の光だけがぼんやりと映る。健のほとぼりもようやく醒めたか観音裏の自宅に向かう。

そこは酔客の賑わう表通りとは違って、ひと気のない路地裏の古びた家だ。建てつけの悪い木戸を静かに引いた。

「ただいま！」

独り手酌でテレビを見ていた父が、お義理のように振り向き、

「コンサート、どうだった」

「うん、良かった」

それだけ言って健は二階に駆け上がった。


翌朝六時、いつものように浅草、弁天堂の鐘が鳴る。

健の父親、そう、名前は祐太郎と言った。その父はいつもこの鐘の音で起床する。女房がいないので、自ら台所に向かい、電気釜にスイッチを入れる。

つい先ごろまでは、釜でご飯を炊いていた。

味噌汁も作り、今朝は鯵の開きを焼くつもりでいると、健も起きて来た。

「親父さん、お早う」

「おう、お早う。昨夜はやけに遅かったな。お前には珍しい。酒も飲まんのに」

「いやぁー、音楽会が楽しかったんだよ」

「嘘つけ、由紀さんが楽しかったんだろう、顔に書いてある！」

父親には彼女のことは詳しくは話していないのに、図星だ。親の感は鋭い。

「健、わしは余計なことを言うつもりはないが、自分の立場をよく弁えろよ、あとで泣かないようにな」

「解っている」

健は不機嫌そうにボソッと言った。そして付け加えた。

「親父さん、俺、木遣りのこと、詳しく調べたいんだ。彼女が興味を持っていて…」

「木遣り？　神田明神がいい。あそこはみんなの練習場がある」

「あそこへは行ってみた」

「そうか、じゃあ諏訪の御神木木遣りや、伊勢神宮だな」

「わかった、ありがとう。いずれ暇ができたら行ってみる」

それで会話は途切れた。健も朝飯の用意を手伝う、と言っても簡単なものである。

「母さんがいたら、健、なんでそんなにご執心なの？って冷やかされるところだぞ。まあ頑張れ」

父、祐太郎もまんざらではない。

4 アフターコンサート

(一)

由紀の横浜でのオーケストラとの初共演は、地元紙でも好意的に取り上げられ、「若い指揮者が若いオーケストラを時には抑え、時には鼓舞するようにして、ピアニストを盛り上げていた」とし、若手のピアニストと共に新しい横浜文化の担い手が出来たとまで絶賛した。

これが機会となったのか、その後、彼女に各地から演奏依頼のメールが続き、マネジャー役の母親は忙しい。一ヶ月前までは予想されなかったことである。

あれから地方での演奏会も増えた。大阪、名古屋、福岡…。そんな折は必ず昼間は学校や養護施設での無償のミニコンサートを加えてくれるよう、主催者に要望を出していた。そんな彼女の姿勢を地方紙が取り上げない筈がない。

春休み中、浅草公会堂で子ども音楽コンクールの関東予選が開かれ、すでに知名度が出てきた由紀にテレビ局から審査員の依頼があった。

浅草公会堂は彼女にとって特別な場所だ。健との出会いのきっかけを思い出す。ためらわず、健に電話する。浅草での審査員の話をした後、

「健さん、今年こそ、『からくり時計』に行ってくるわ。人力車には乗らないけど…。一緒に行きましょう」

健は一瞬、返事がない。

「どうしたの？健さん」

「うーん、実は由紀さんに伝えなかったのです。どうも言い難いので…」

「どうしたのよ？」

「からくり、中止になったんです。スカイツリーが出来て以来、雷門通りので交通量が増え、その上、からくり時計が作動してから道路の混雑に拍車がかかり、警察から

の要請で中止です。残念というほかありません。みんなで存続の要請をしたんだが…」

今度は由紀が沈黙した。健が慰めるように、

「由紀さん、浅草公会堂は必ず行きます。コンクールが終わったら、別な浅草に案内しますから。からくりばかりじゃないです、浅草は。気を落さないで、からくり時計はいつか必ず復活させますから」

（二）

久しぶりの浅草公会堂、今日は子ども達で賑わっていて学校のような雰囲気だ。

コンクールの審査が済んだ後、二人は連れ立って、近くのコーヒーショップに入った。

健はクレリックシャツ姿、由紀はタータンチェックのワンピース。

軽装で爽やかだ。

二人はコーヒーを挟んで向かい合った。

「小山先生！お疲れ様」

「先生」と呼んで健が冷やかす。

由紀は今の子ども達の音楽に関する感性を賞賛しながら、自分の子どもの頃との比較を話し始めた。

音楽の環境が今は整っていてうらやましい、土地による格差がほとんどない。若い人に希望が持てる、という話になった。

健も、昨年の横浜のアマチュアオーケストラの結成の過程を聞いて、

「僕もそんな環境に育ったらなあ…。やるとしたらバイオリンだな」

話は、あの横浜でのコンチェルトになった。

「由紀さん、あれは本当に素敵だった。僕のクラシック観を大幅に変えてしまった」

由紀は笑う。

「健さん、あの曲の中に、都はるみの『北の宿から』のメロディーが入っている、って、知っている？」

「うそ！」

「嘘だけれど、そう言われてみれば似たような旋律があるのよ、第一楽章に。もちろん作曲者の小林亜星さんは否定しているけど…」

「へー、気がつかなかった」

「その他にもあの曲はいろんな映画にも使われているのよ」

暫く音楽談義が続いた後、由紀が改まって、健の気持ちを質すような雰囲気を作って、氷水のグラスを健の方に寄せた。

「健さん、今度、わたし、アメリカに行く事になったの、サンフランシスコよ。半年先だけどね」

「えっ、シスコへ？」

グラスを取りそこねた健、由紀を見上げる。

追い討ち、いや違うな、健の反応を確認するかのように言った。

「そう、佐藤洋一さんがサンフランシスコ交響楽団の客員指揮者になったのよ。それで、演奏旅行に同道しないか、って誘われたの…。三カ月よ。

その中に、ニューヨークでの演奏会が予定されているの、あのショパンのピアノ協奏曲を披露しないかと言われて…。恒例のショパン・フェスティバルよ。滞米中は小さなリサイタルを中心に組まれるらしい」

由紀は更に話を続ける。

「ニューヨークでニューヨークフィルと共演なんて、ピアニストの夢でしょう、もう舞い上がっちゃった。厳しい批評も覚悟の上よ。わたし、やってみます。健さんも応援してね」

健は眼を大きく見開く。

「えっ、本当?もっと詳しく聞かせて。演奏旅行?」

「そうよ、佐藤君は、武者修行でいろんな聴衆の批評を受けるのは勉強になる、と言うのよ。シスコは私の母校でもあるので勇気を出して行ってみようかと思って…。父も忙しいけど、フィナーレになる暮れのニューヨークのコンサートには行くよ、と言ってくれているの」

健は思わず息を飲んだ。そして相手に気づかれないように、コーヒーに口をつけるふりをして眼を落とした。

（あの指揮者、佐藤さんと三ヶ月一緒にいるのか。俺、妬ける。でも、そんなの男らしくない）

少し間ができたあと口を開けた。

「それはおめでとう、いいな」

本心とは真逆のことを言った。

「健さん、喜んでくれるの、行くな、って言うのかと思った」

「とんでもない、由紀さんの大飛躍のチャンスですよ」

健は後ろを振り向いて、何か落とし物を取るように装って自分の表情を隠し、

「由紀さんの将来の事を考えたら、いい選択だと思う。僕も頑張る、そのうち由紀さんを驚かすようなことをしたい」

健はそれ以上言葉を続けられない。木遣りの新知識などを披露しようと思っていたが、そんなことは吹っ飛んだ。

「由紀さん、僕にもいい刺激です。海外に出たいな」

「まだ半年も先よ。先日の木遣りの話、あなたのお父様から聞いた諏訪大社の御神木

の木遣り、連れて行ってくれるんでしょう、健さん」

「由紀さんの時間さえ取れれば、是非ご一緒したいです」

由紀は健に身を寄せた。由紀も健が指揮者の佐藤に何か嫉妬している雰囲気に少し嬉しいものを感じていた。

「そう、楽しそう。諏訪行き。早速スケジュールを調整してみます。母も連れて行っていい？」

「勿論。前の人力車のおひねりのお返し！　中央本線の特急、上諏訪です。僕も初めて行くところです。早速予約の手配をしなくちゃ…」

健にとって、今日のデートは夜の浅草案内のつもりだったが、意外な話の展開に少なからず戸惑ったのも事実である。

横浜に戻った由紀からメールが入った。

「健さん、アメリカ行きのこと、突然、驚かせてごめんなさいね。わたしも悩みました。

日本では、障害を持つわたしを甘やかせてくれます。あの時の新聞評も他のピアニストに対するものより甘いものです。それはわたし自身が一番よく知っています。

健さん、前に人生は楽しいことばかりではない、と言いました。

外国では日常生活では障害者には優しくしてくれますが、芸術では容赦なく対応します。それは厳しいものです。

苦しいことも多いです。ですけど、それを克服したときの喜びは健常者以上です。これまで両親には甘えて過ごして来ました。このままだと貴方にも甘えそうです。

骨太の由紀になって帰ってきます。

あちらで苦しい時は、浅草の人力車を思い出しましょ、あの時、一番楽しかった瞬間、健さん、覚えている?

ポピー通りで酔っ払いから

「おーい、健坊、美人を乗せてずるいぞ、俺と代われ!」

と言われた時の健さんの反応。

「へーい、今度お願い、今日はダメ!」って笑って言ったでしょう。素直で、自然で、ユーモアがあって、あなたの事、好きになっちゃった。告白します。由紀」

健は顔をくちゃくちゃにして今にも泣きそう。誰も見ていないのをいいことにしてハンカチを手にした。

そう、本当はメールを見る直前まで、あの指揮者、佐藤洋一に嫉妬していたのだ。同期生、優秀な音楽家、国際派、堂々とした体躯…とても敵わない。

「俺もただの旅人にはならないぞ」

健は、地元の建築会社から休暇を貰い、由紀さんの居ない間、海外に出てみようと思った。あの松尾芭蕉も笑っていることだろう。

（三）

諏訪行きは五月の十日、新宿駅のホーム。

由紀のお母さんはベージュ色のフレア袖のドレスシャツに黒のカジュアルパンツ姿で健に駆け寄った。

「コブ付きでごめんね」

「そんなこと、ご一緒で安心です」

そばに寄り添った由紀はネイビーのニットに薄いブルーのパンツ。

肩までのストレートヘアを五月の風になびかせ爽やか。

親子とも、なかなかおしゃれでスポーティだ。

健の方はというと、ピンクのストライプの綿シャツにベージュのチノパン、白いデッキシューズ、軽装で若々しい。


三人とはいえ、健と由紀の初めての泊まりがけの旅。

由紀ははしゃいでいる。健が予約したのは中央本線の特急。新宿発、十一時三十分のスーパー特急「あずさ13号」だ。

あの、いっとき大ヒットした歌、「あずさ2号」は今はない。


列車は一路諏訪へ。

実は由紀が事前に母に言っておいたことがあった。

それは由紀の父親の職業が建設会社の社長であることを健に秘めていること。

「母さん、鳶職とは高い建設現場の足場を作ったり雑用をする仕事でしょう。健さんはそれに誇りを持っています。町鳶はそこから派生して、町の世話役になったのです。浅草にぴったりの仕事よ。

その人が一級建築士なの。不思議でしょう。あたしの父親が建設会社の社長と知ったら多分、彼は身を引くと思うわ。ううん、格が違うなんてことでなく、自分に下心があると思われたくない、そういう男よ、彼は。

あたし、あんな純粋な人と接したのは初めて。それでいて心が広い、ユーモアもあって…だから、父さんの職業は内緒にしておいてね。いずれわかったら仕方がないけれど、今のあたし、彼が大事なの、年下だけど」

母は頷く。

「彼はいい男よ、わかった。協力するわ。でも何かの折、仕事に話題が行ったとき、あなたと口裏を合わせておかないと…」

「そうね、商社の部長ぐらいにしておきましょう」

母子は健には共同戦線を張ることになる。

そんな事は全く知らない健は、早速車内販売のコーヒーを注文。

「お母さん、ミルクと砂糖、要ります？」

「ええ、お願い。由紀に砂糖は要りません。貴方という砂糖があるから…」

「じゃ、ミルクを倍にします。薄くしないとね」

健のリアクションは素晴らしい。

車窓の新緑が水々しい。由紀もぼんやりながら、流れ行く景色を雰囲気で楽しんでいる。八ヶ岳、駒ケ岳、富士山、南、北アルプスの山々。母、美子さんが指差して説明している。

「富士山の雪、あ、まだだいぶ残っている。山の裾野から半分近くまでよ」

「うん、わかる！前に山中湖に行った時は、裾野まで真っ白だった」

列車は小淵沢を通過し甲府駅に停まってまもなく上諏訪。

駅では予約してあった諏訪市のボランティアガイドと今晩泊まるホテルの迎え車が待っていた。さすが空気が冷たく清々しい。


「ボランティアガイドの太田と言います、ようこそ」

「西田です。よろしくお願いします。とりあえず荷物をホテルに預けてから諏訪大社に行きたいのです」

ホテルに到着、チェックインにはまだ早い。ガイドさんを囲んでロビーでの打ち合わせが始まった。

「太田さんでしたね。こちらがピアニストの小山由紀さん、お隣がお母様です。わたしは、荷物運び」

「うそ、この人、建築家です」

健が笑って話しを遮る。

「いやいや、駆け出しです。ただ浅草の出身なので、祭りが大好き、中でも木遣りに興味があって、やって来ました」

「そうですが、諏訪では、全国の「『木遣りサミット』が開かれました。

残念ながら、人気の「御柱祭り」は七年に一度で、次回は再来年の令和四年、寅と申の年に行われます。その際、御神木を運ぶのに「道曳き」、「里曳き」などがあり、その先導役をやるのが木遣りです」

由紀が興味深そうに尋ねる。

「太田さん、道曳きと里曳きでは木遣りが違うのですか」

「はい、違います。唄の文句も違います。ただ木遣りには楽譜がありません。覚えるのは耳で聞くのが唯一の習得法です。小さい時から親の木遣りを見て、身につけたのです。高い声を腹の底から絞り出すのです」

「その木遣りを見物する機会はありますか」

ガイドの太田さんは首をかしげる。

だいたい、木遣り歌を目的にやって来る観光客は珍しい。

「うーん、毎年やるのは「お船祭り」がありますが、それは八月です。

下諏訪にある「おんばしら館」に行かれたら何か情報があるかもしれません」

結局、その日はタクシーで上諏訪巡り、諏訪大社を参拝し、諏訪湖上巡りの遊覧船にも乗った。

他人から見たら親子三人の楽しそうな家族旅行にも見えただろう。

実際、由紀も健も子どものようにはしゃいでいた。

(四)

翌日、「おんばしら館」を訪れた。祭りにまつわる御神木の山出しの模様や御柱巡行経路の模型、諸道具、法被などの衣服、それに「木落とし」の模擬体験などがあるが、お目当ての木遣りの詳細はわからない。

残念がる由紀の表情を見た係員が、「下諏訪町木遣り保存会」の幹部に電話してくれて駅前の観光案内所で会うことになった。

会ってくれたのは木遣り保存会の幹部で、かつては御柱、「木落とし」の先頭に立ったこともある木遣りの名手、小松直人さん。

連絡受けて、小松さんが、笑顔で三人を迎えた。

「小松です。嬉しいですね、木遣りにそんなに関心を持っていただいて。そのためにわざわざお見えですか。「御柱祭り」の時期でなくて残念です」

健が、隣の由紀を紹介しながら、由紀が木遣りに関心を持ち始めた経由を詳しく述べた。

「浅草の木遣りは鳶職が中心になって、代々引き継がれてきましたが、ここでは、一般の町民、氏子が、こどもの頃から練習をするんだそうですね」

「そうなんです。そこが江戸火消しで始まった木遣りとは違うところです。ところで、御柱をご覧になりましたか」

健が自信満々に応える。

「ええ、じっくり。直径が一メートル、長さが約十七メートル、重さが約十トンの樅の木の大木でしょう。あれを運ぶのも立てるのも大変でしょう、しかも四つの御社にそれぞれ、四本でしょう」

小松さんは「御柱祭り」を詳しく説明しかかったが、由紀さんらの興味の本筋は木遣りと気づき、三人を別室に招き、自ら法被を纏って木遣りを唄って見せた。由紀も健もびっくり。その声の見事なこと。

小松さんは御幣（おんべ）を高く掲げ、天まで抜けるような澄んだ高い声を披露する。その高音の音域は西洋音楽のソプラノや男性のカウンターテナーの域をはるかに超える。

一声吠えた（?）あと、小松さんが笑顔で聞いた。

「小山さん、西田さん、甲高い声でしょう。

これは、子どもの頃からの訓練です。何しろ御柱一本に二千人からの曳き手が力を合わせるので、みんなに声が届かなければなりません。

木遣りの唄手は、下諏訪だけで七〜八十人いますが、高い声の出る人は三十人程度。それも厳しい訓練の結果です。

由紀が聞く。

「木遣り唄」の歌詞も違うようですね」

「そうです。運ぶ場所が山坂か、川越か、平地かによって、また曳き手の疲れ具合に応じて、カツも入れねばなりません。

それでは山の神様をお迎えする綱渡りの唄を聴いてください」

小松さんは、たった三人の聴き手のために、本番さながらに、大音声で唄いはじめた。

ヤァーレェー
奥山の大木里に降りて神となる、ヨーイサ
綱渡り、ヨーイサ
雄綱、雌綱の綱渡り、ヨーイサ
元からうらまで綱渡り、ヨーイサ…

神主が祝詞をあげるような口調で唄う独特の節回しで、種類も豊富、それぞれの唄が深い意味を持っている。

健が持参した小型レコーダーにスイッチを入れた。

由紀は真剣に耳を傾ける。発声法が西洋音楽とはまるで違う。

同じ腹式呼吸でも、木遣りの歌い方の基本は叫びだ。声帯を最大限に広げるのは訓練の賜物だろう。

木遣り師が節を回すとそれに応じて曳き手が叫ぶ。

三人は教えられた通り、臨時の曳き手になる。

「用意はよいか」、「いいよい、まーかせ」、「えーこれはまーかせ」

全ての唄の後は「ヤレヨーイサ」か「エーヨイテーコショ」の声で終わる。

健は浅草の木遣りとの共通点を見た。

木遣りはひとと自分自身を鼓舞し、仲間意識を確認し、苦労を軽減する。

これが本来の労働歌だ。諏訪ではそれが神に捧げる歌になっている。

由紀は新しい音楽の世界を見た。

帰りの車中で、由紀はハミングで木遣り唄を唄ってみせる。

「木遣りのリズムとメロディーが面白いわ。西洋音楽にも取り入れたら…」

健は由紀の音楽感覚に驚く。

「驚いたなぁ、あんな独特の唄回しのポイントをもう掴んでいる！」

「健さん、諏訪に連れてきてくれてありがとう。何か、新しい世界が広まったようよ。

嬉しい」

5 広がる夢

舞台はサンフランシスコへと移る。

明治の開国時、岩倉使節団が初めて訪れた米国の地はサンフランシスコであり、あの時、市は特別予算を組んで一行を大歓迎。また戦後、日本が平和条約を結んで国際社会に復帰したのもこの町である。日本人にとって居心地は悪くない。

佐藤洋一が由紀を迎えにジーパンにＴシャツ姿でスポーツカーを繰って空港に向かう。

サンフランシスコ名物の霧と風の影響で飛行機の到着が大幅に遅れ夕刻になった。

「由紀さん、お疲れ。宿舎へ直行する?それともどこかで食事でも?」

「あたし、機内で食べてあまりお腹空いていないから、軽くでいいわ」

「わかった、じゃ俺の行き付けの店にしよう。お茶漬けでも…」

「うん、佐藤君、相変わらず決断が早いわね。その調子でここでも女の子を口説いているんでしょう」

早速、由紀の軽口。

「そんなこと、ないよ。忙しくてね…」

佐藤は車のハンドルを握りながら苦笑する。夜風が気持ちいい。

昔、学生の頃、由紀にちょっかいを出したのを思い出したのか、由紀も、くすっと笑った。

空港から街へは比較的近い。ラッシュ時だが二十分も車を走らせるとダウンタウンに入る。

弱視の由紀はぼんやりながら思い出の街の雰囲気を味わっている。ケーブルカーの軋む音が懐かしい。

車中で佐藤はここアメリカでの自分の活動ぶりを詳細に話した。

佐藤洋一の指揮者としての経歴は素晴らしいものがある。

ヨーロッパでの若手指揮者のコンクールでは軒並み賞を掻っ攫っていた。

コンサートのプログラムじゃないので、ここでは詳述しないが、佐藤がすでに各国で認められていることは、彼がタクトを振ったオーケストラの名前を聞いただけでわかる。

「佐藤君、あら、そんな呼び方をしたらバチが当たるかも…。マエストロ佐藤の迎えを受けるなんて、光栄だわ」

「冷やかすなよ。由紀さんの純真無垢な演奏は何物にも代え難い。俺はそろそろプロっぽくなりつつある。君を見習わなければ…」

由紀が言った。

「佐藤君、いやマエストロ。貴方の推薦がなければ、有名オケとの共演なんて考えられない。感謝感激よ。貴方の名前を傷つけないよう、頑張ります」

「由紀さん、俺は人を見る目があるんだ。あの神奈川で…」

由紀は心持ち、運転席に寄り添った。佐藤の言葉に悪い気はしない。

やがてユニオンスクエアに着き、駐車場に車を置き、佐藤は由紀を抱えるようにして裏通りに入ると、そこに小洒落た和食堂、「あずま」がある。

佐藤の姿を見て店主が大げさに手を広げ、歓迎した。

「マエストロ、いらっしゃい。あ、今日も美女とご一緒、うらやましい」

「おいおい、そんなこと言わないでよ。誤解されるじゃないか」

由紀は「武士の情け」で聞こえなかったふりをする。

目が不自由な由紀に気づいた店主が、彼女の手を取って席に案内しながら言う。

「お嬢さん、こちらのマエストロ、シスコで人気のコンダクターです。だけどプレイボーイじゃないよ」

前の発言の一部を、気をきかせて取り消した。

由紀は丁寧に、長い髪を分けながら挨拶をした。

その立ち振る舞いは、一見乱暴な佐藤とは対照的で、店の主人も戸惑う。

「いやー、そうですか。また楽しみが増えました。演奏で疲れたら、息抜きにお越しください。お名前、伺ってもよろしいですか」

「小山由紀と言います。横浜から来ました」

由紀は考える。

(わたしは、クラシックをもっと身近なものにしたいと思う。ここアメリカの小さな街角で仲間と音楽を聴き、学び、自分もそんな所で演奏し率直な批評を受けたい)

そのサンフランシスコ周辺での演奏会のスケジュールは佐藤の手ですでに出来上がっていた。

大小さまざま、学校や養護施設でのチャリティー演奏も予定されている。だが最大のヤマ場は暮のニューヨークでの演奏会だ。

年末に開かれるリンカーンセンターでの「ショパンウイーク」で、ただ一人の日本人ピアニストとして出演する予定だ。

由紀は日本から、父親の顔で市の高台にあるフェアモントホテルの近くの長期滞在者用のレジデンシャルホテルを抑えた。

ここからならアカデミーのピアノ練習スタジオに近い。フェアモントホテルは昔、両親と共に眼の治療でこの地を訪れた際に泊まったホテル。由紀には記憶がないが、石貼りの重厚な感じがする歴史ある高級ホテルで佐藤もしばしばやってくる。

由紀、訪米最初のピアノリサイタルは、ここの大広間で行われた。

考えてみると、これまで、由紀の演奏会には母親が必ず同行していた。衣裳選びから着付け、リハーサルにも立ち合っていた。

それがここでは全て自分ひとりでしなければならない。目が不自由なハンディのため、これまで以上に時間もかかり、気も使う。

衣裳は着やすいデザインのものばかり母が選んで、事前に現地に送ってくれていた。母親の有難さを今更のように噛みしめる。

今日はサンフランシスコ音楽アカデミーの生徒を主な対象に、いわば「リハーサル」のようなものでホテル側と佐藤の気配りだ。

旅の疲れも残っている由紀だが、ショパンの小品を数曲、周りの好意に応え、丁寧に、見事に聴衆を魅了する演奏を見せた。

「佐藤君、ありがとう、聴衆の皆さんの顔を見て、少し自信が持てたわ。これから、猛練習をします」

アメリカ演奏ツアーがはじまる。

由紀は西田健にメールを送った。

「健さん、どうされていますか。東京出発の際は慌ただしくて、ろくに挨拶も出来ず、申し訳ありませんでした。

昨日、ここで初めの演奏会を持ちました。佐藤君のアレンジで、ホテルのホールでです。リハーサルを兼ねた練習のつもりでしたが、これから、厳しい批評もいただくと思います。覚悟の上で、「骨太の由紀」になって日本に戻ります。期待していいですよ」

折り返し、健からメールが入る。

「由紀さん、僕も、意外なことをやってのけるつもり。期待してください。

今度、大学からの推薦で、ロンドンの建築事務所で短期実習する事が決まり、行ってきます。もし、帰る時期が由紀さんのニューヨーク演奏に間に合うようなら、ロンドンから会場に直行したい。お父さんに負けないように、ね」

健はこのところ浅草の未来図について、考え方がゆれている。

最近の父親の様子を見ると、引退を決意したためか、地元での活動について積極性を欠いているようだ。昔、江戸火消しの「一番組」組頭として、町を、祭りを仕切っていた時のような覇気がない。

母さんを亡くした当時、父は江戸消防隊や地元民の世話に東奔西走していると思っていたが、あれは悲しみを紛らわせるためだったのか。

それが、このところ、終日家にこもり独り酒に浸っている姿が目立つ。

最近の世界的旅行ブームに押されて、浅草が東京一の観光地として、脚光を浴びている。

だが、浅草では激増する海外からの観光客で直接利益を得る商売人と、これとは無関係の市井の地元民との間で、このところ利害関係が対立して不協和音が目立つ。道が混む、ゴミが増える、外国資本による不動産の取得、犯罪も増加傾向だ。

「彼らは浅草の異国情緒に興味はあっても、浅草を愛しているわけではない。旅の恥は掻き捨ての連中だ」

長年、ここに住み、クリーニング店を営むオヤジがぼやく。

夕方、健が戻ると、珍しく来客があって、親父と真剣な表情で話し込んでいた。かしらの川本爺さんだ。

「タイショウ、仲見世裏の大洋軒が潰れた。また一軒、浅草がなくなる！」

「大洋軒？　あそこの親父も亡くなったからなぁ。あと、どうなるんだ」

「それが外資系のコーヒーチェーンだってことだよ」

「浅草が浅草でなくなるなー、それでも客が来るんか」

「うーん、今の若者にはウケるんだろう」

親父は黙りこんだ。

健が、茶を出しながら二人の間に顔を突っ込んだ。

「川本さん、そんなに心配することないと思うよ、僕は」

「おう、健坊、居たんか」

「うん、おじさん、パリではね、観光シーズンになると、パリジャン、パリジェンヌはバカンスをとってパリから逃げちゃうんだそうだよ。割り切って日本でもそうすればいいんだ。

「「観光立国」とはそういうもんかも」

健は偉そうに言ったものの、「観光地」の在り方に持論がある訳ではない。

だいたい観光とは英語ではsight seeing（景色見物）だ。そこに人との関わり合いの視点はない。果たしてそうだろうか。

海外から訪れる観光客の日本への期待と反応は、ひところに較べると大きく変化している。

かつての「フジヤマ、ゲイシャ」から、日本の、日本的な生き方を、見ようという動きに向かっている。sight seeingからtourisumへの変化だ。

そうなると、受け入れる方も考え直す必要があると健は考える。

神社仏閣といったハードだけでなく、日本人の生き方そのものが観光資源となってくるだろう。

浅草はどうあるべきか。

浅草は浅草である前に東京だ。東京である前に日本。そう考えると、日本にいる日本人は、みんなホスト、ホステスだ。

観光立国というのはそんな心構えが要る。観光関連の業者と市井の住民が無関係ではない。

言い方を変えると、観光の稼ぎを町全体に還元する施策を取るべきだ。道路、道路標識、交通の便を良くし、暗い、不潔な場所をなくして旅行者の不安をなくした上での観光地だ。そのことは住民にとってもプラスだ。

浅草では幸い三社祭という大きな祭がある。地元民総出で盛り上げる稀有な祭だ。どうだろう、年中、三社祭をやれ、とは言わないが、地元民総出という気風を盛り上げる。そのためには小さな伝統行事を増やす。地元の小さな祝い事にも外からの観光客も巻き込む。そうだ、あの木遣りにも脚光を浴びせよう。

健はそうしたソフトを展開し易いような入れ物、ハードも考えるべきではないか、建築家の端くれとして、そう思った。

「折角貰ったロンドン行きのチャンスでは観光地と住宅地の共存を見てこよう」

健は取り敢えず、すでにデザインの勉強でパリに派遣されている先輩宅に転がり込むつもりで、羽田を発った。

半分、学生時代のバックパッカーの延長のつもりでいる。

6　どんでん返し

（一）

健のお目当ては「パリの散歩道」。と言っても散歩ではない。

羽生結弦が好きな曲で、平昌冬季のオリンピックのフィギュアスケートで使い、優勝し、一躍有名になった北アイルランドのギタリスト、ゲイリー・ムーアの曲だ。

早速聴いてみる。なるほど、羽生が気に入っている理由が分かる。

軽快で、古くて新しい。故郷への郷愁を感じさせながら、生き生きしている。これなら滑りやすいのだろう。

それにしてもパリのいい宣伝だ。羽生が使うまで知られなかった曲だ。

健の気持ちの中にはずーっと由紀がいる。

そうだ、音楽と浅草を結びつけて、観光の目玉にならないか。

由紀に作曲も手がけるよう、はっぱをかけよう。

あの、「アビニョンの橋」、「ロンドンブリッジ」、「思い出のサンフランシスコ」などなど、音楽が町の、人のイメージを作る。新しい、世界の浅草を音楽で作るんだ！


健はパリに着くなり、早速散策に出た。

パリは学生時代にゼミの仲間と来たことがあるのでエッフェル塔、ノートルダム、凱旋門、ルーブルなどはこの際オミット。庶民が息づいているところを探す。

セーヌ川西岸の古本屋、マルシェ（蚤の市）、パッサージュ（通り道、アーケード街）、サクレ・クール寺院のあるモンマルトルの丘…そこには人々の生活がある。

健は「これだ、浅草にもあるものは」と直感する。

普段着のままの街、人々が交流する街、それでいて、新しい文化を創造している街。

パリのエリゼ宮、シャンゼリゼに相当する東京の皇居や銀座はひとに任そう。浅草は伝統的東京の目玉、それを世界に伝える。

その方策を考えよう。

健が直感的に考えるのは、行き過ぎた現代化に対する反抗だ。

浅草に超高層ビルは要らない。走る街でなく佇む街、過去が生きている街…そんな事を思いながら、モンマルトルの丘に登った。

寺院の前の広場には、画家やその卵、素人絵描きが大勢集まってそれぞれ勝手に絵筆を振るっている。側で、それを冷やかしている暇人、隅の方ではチェスに興じている老人、みんな人生を謳歌しているかのようだ。

翻って、浅草はどうだろ。確かに、江戸時代の街の雰囲気は残っている。

東京の町ぐるみでは浅草だけだろう。

しかし、浅草の住民は、どんな未来を想定しているのだろうか。親父に聞くと、昔からの店はいま半分も残っていないという。

健はモンマルトルの丘で、散策しながら浅草との対比をぼんやりと考えていた。するとさっきまでチェスに興じていた老人が声をかけて来た。

「あんた、ジャポネーズ?」

「ウイッ！」

あとはお互い片言の英語だ。

チェスはやるか、どこに泊まっているか、日本のどこから来たか、お決まりの質問。適当に流していると、自分は浅草界隈が気に入って、下谷の安宿に二週間も滞在したことがある、と話しはじめた。

意外に思った健は座り直して、何故二週間も…と質すと、

「俺は下町育ちで、貧乏人が好きだ。見栄がなく、親切で、外見で人を差別しない。古いもんを大事にする。行くたびに景色が変わるようなところは嫌いだ」

という。更に付け加えた。

「そうそう、これだけは言っておかねば…。俺の泊まった下谷の小さな宿でも、マスターは親切で、水は綺麗、ふんだんに使え、衛生的。フランスが恥ずかしい。ここを見ろ、公衆トイレなんてない。夜は治安が悪いしな」

健は内心、悪い気はしない。多少ゆとりを持って聞いた。

「それでもおじさんは何故、ここにいるの？」

「何故かなあ、仲間がいること、それにここに来る人達、見知らぬ人も悪人がいないような気がするんだ。古さと安心かな、あんたも悪人ではなさそうだ」

そう言って飲み物を差し出した。

「大丈夫、衛生的、お金はいらん」

ソーダ水のようだ。

健は遠慮すると相手の気を悪くすると思って、ありがたく頂戴した。

「おじさん、俺、その絵、買うよ」

「いや、買わんでいい。まだ画きかけだ。気持ちだけ、メルシーだ」

健はここで小一時間、話し込んだ。じいさんの仲間も加わる。

暮らしのこと、年金の話、政府批判も出て来た。

人々の本当の楽しみは、虚栄も遠慮もなく、同じ空気を分け合うような気安さの中に人生を楽しむ。そんなことを健は感じていた。

日本の京都はお高くとまっている。浅草こそ、伝統的な日本の庶民の町だ。

「そうだ、古さに居心地のよさを加える、そんな町に浅草をしよう」

何が心地よいか、健は建築家として何かヒントを得たようだ。

由紀のサンフランシスコはどうだろう、そんな思いを馳せていた折も折、由紀からメールが入った。

コンサートの出来具合かと気楽に画面を見て驚愕した。

何と、由紀のお父さんの訃報である。

「父親が工事現場で、事故のため亡くなった。急いで帰国する。あなたは気にしないで旅を続けて欲しい。目的だったニューヨークでのデビューは残念だけれど諦める」

とごく事務的な内容だ。

健は慌てて折り返し、メールした。

「絶句するのみ。もっと、詳しい情報を。こんな時には、あなたには介添役が必要だ。気が動転してあなたも事故を起こす危険がある。今、必要なことは言って欲しい。あまり出すぎてはいけないが、僕はイライラしている」

健はジレンマに陥っている。このまま直ぐに帰国したい。だが、由紀にとって、健の存在がどの程度のものかわからない。

由紀からの返信を待たずに、電話を掛けた。

「僕はどうしたらいいか、なんでもするよ。迷惑はかけたくないが…」

由紀は、気丈に、事故が父親が請け負った工事現場で、クレーンのワイヤーが切れて、近くにいた父に鉄籠が落ちたらしい。救急車で病院に運び込まれたが、十二時間後に亡くなった、という報告をして付け加えた。

打ちひしがれているはずなのに健気である。

小山建設の規模の会社では普通、社長が現場に出向くことはない。だが、由紀の父親は現場の従業員の士気を高めようと、必ず一度は現場も訪れていた。それが仇となった。

「健さん、あなたはわたしにとって大切な人。だけど亡くなった人が生き返ってくる訳ではないので、予定通りの旅行と実習をしてください。

わたしは残念だけれどニューヨークでの出演を辞退して明日の便で帰国します。あなたが戻られたら、あなたの膝で、思い切り泣かせてください。由紀」

由紀の表情がとって見えるようだ。

健は由紀には内緒で、予定の一部をカットして、帰国することにした。

それにしても、由紀の父君は建設会社の社長だったのか、由紀は何も言わなかった、同業者として気を使ったのか。

(二)

全く想像もしなかった由紀の身の上に起こった悲劇。

由紀も自分の出発前に父に多少でも体調に悪いところがあれば、それなりの覚悟もあったが、全くの寝耳に水である。

母からの一報に由紀は崩れ落ちる。

「母さん、嘘でしょう！　なんで、どうして？　もうだめなの？」

母の方は落ち着いていた。

「由紀、しっかりするのよ、あなたが泣くとお父さんが悲しむわ。予定の仕事はちゃんとこなすのよ、あなたはプロよ」

由紀は思い悩んだが、こんな気持ちではピアノに向かえないと、ニューヨークでのコンサートを含め、全ての演奏会をキャンセルの手続きを急ぎ進めた。代役を立てられるものはアカデミーの方でも協力してくれ、全て無事に済ませた。

翌日、由紀は殆ど着の身着のままのような状態でサンフランシスコを発った。来た時は佐藤以外誰も出迎えに出なかったが、今日は、学校コンサートで親しくなった小学校の校長が生徒十数人を引き連れて見送りに来れば、サンフランシスコ音楽アカデミーの学長も、マエストロ佐藤と一緒に姿を見せた。短期間だったが、由紀は大切な足跡をこの街に残したようだ。

打ちひしがれての帰国。エコノミーの機内席は空席が目立つ。由紀は機内食に殆ど手をつけず、疲れがどっと出て、隣の座席も使ってしばし横になった。

いろいろな想いが脳裏を駆け巡る。

中学で初めて賞を取った演奏会、両親を招いた大学の卒業公演、演奏が終わって、楽屋で父に抱きついたら、自分の頬が父の涙で濡れ、初めて父が泣いていたと知った時、由紀はこれまでにない感激を覚えた。

あの、口数の少ない父の実像を初めて掴んだ瞬間だった。

西田健にも思いを馳せた。本心は健にも来て欲しい。

その頃、健は浅草の父親に、パリから電話して事の次第を伝え、懇願した。

「ねえ、父さん、僕の願いを聞いて貰えるだろうか。由紀さんのお父さんの葬儀に、出初め式に出た江戸消防隊の木遣り組を送ってもらえないだろうか。もちろん、お礼は僕の帰国後にします、僕が葬儀に出られないので。由紀さんが木遣りが好きなので、励ましてあげたいんです」

父親はうなづいた。

「うん、当たってみよう。みんなの都合もあるからなんとも言えないが…」

流石、江戸火消し組の長老としての影響力は大したもの、呼びかけに二十人の江戸トビ職人が即座に応じて集まった。

葬儀は建設関係者、地元の有力者の他に由紀の音楽仲間も多数参列した。

式もなかば、江戸の鳶職が、揃いの法被姿で横浜の斎場に登場する。こんなことはあまり例がない。

荘重な木遣りの唄が参列者の会葬に先立って葬儀場に流れる。木遣りの親玉に相当する木遣り師が音頭をとる。

♪出ずる涙は山吹の、実のないものと思へども、頼りに思う蓮の花、まだ芍薬の根はきれず♪

その音声は時に高く、時に悲しく響き渡る。

木遣り師が遺族席の由紀に近づき、

「この度はご愁傷様でございます。西田健の代理としてお悔やみに参上いたしました。どうぞ、お身体をおいといください」

遺族席に座っていた由紀は、顔を上げ、声の主を探すようにして黙礼した。由紀には健の配慮が嬉しかった。

「ありがとうございます。いずれ浅草におじゃまさせてください」

木遣り歌声はオーケストラのバックコーラスのようにいつまでも斎場に響いた。

7 ロンドンから帰国へ

(一)

「世の中は何と無情なんだろう。目の不自由な由紀が、なんでこんな仕打ちにあわねばならないんだ」

西田健は、悔しい、やるせない思いをいだき続けながら、外国での旅を続ける。自分は由紀のフィアンセではない、だから、義父でもない人の不幸に急ぎ帰国するというのも、出過ぎている。由紀は口では言わないがそんなことで躊躇したのかもしれない。

当初の予定通り、気を取り直してパリからロンドンに向かう。

学生時代の指導教授、遠藤先生の紹介でロンドン大学の名誉教授で「都市計画設計」で名の知れたブラウン研究所のジョージ・ブラウン氏に会うためだ。

ロンドンのヒースロー空港は巨大だ。大きいばかりでなく建て増しのため迷路が続く。

やっと地下鉄の乗り場にたどり着いて市内に向かった。

もうロンドンは肌寒い。ここは東京と比べると、歴史が生き続いている石の町だ。それは殆どが戦後の建て直しで超近代化した町との違いが明白だ。

東京で江戸の雰囲気を味わえるのは浅草だけ。銀座は勿論、新宿も渋谷も池袋も、みな戦後、面目を一新している。

ロンドンのビジネス街の中心、タワーブリッジの近くにあるブラウン都市計画設計事務所で所長が西田健を迎えた。

事務所の窓を開けながら所長は言った。

「ケン、見てみなさい、周りはみんな百年、二百年の歴史ある建物だ。内部は改造されているが、外部はいじろうともしない。いや、いじれないのだ。

それがイギリス。国民性もその意味では頑固だ。

EUから脱退も、いずれそうなると思っていた。いい悪いは別として」

健も聞いた。

「確かに老舗のホテルや商店の従業員はある種のプライドを持っていますね。これがジョン・ブル」

所長は笑う。

「急激に変化する現代に、付いていけない。これがいいかどうかは、これからの歴史が証明するだろうけれど、世界中、どこもアメリカになるグローバル化には私は反対だ。その意味では浅草は頑張って欲しい。東京に江戸っ子あり、と…」

健は我が意を得たりとばかり、たどたどしい英語で訴えた。

「そうなんです。それをどう維持するか、そのヒントを探しにやって来ました。なんとか浅草を世界に知って貰おうと」

ブラウン氏は頷く。

「私は郊外の都市設計に携わっているが、高層住宅の林立には反対の立場をとっている。コミュニティーがあっての住まい、人があっての都市、容れ物が先行するのはおかしい。あのなんと言ったか、日本の富山にある民家群…」

「シラカワゴウ」

「そうそう、あの住まい方が理想だな、あれを現代風に置き換えたらいい」

そう言いながら、リバプール再開発地区の住宅設計の詳細を説明してくれた。

健はパリとロンドンで、人間の生き方、コミュニティーの在り方などにヒントを得た気分で、下町の風情を見学し、更に研究所が設計したリバプールの町を見て初期の日程を多少短縮して帰国した。

(二)

羽田空港に戻ると待ちきれず、バッゲージ・クレームの荷台からいきなり由紀に電話を入れた。

「由紀さん、今羽田に戻った。大丈夫? 少しは元気になった? あなたの都合にもよるけれど、早く会いたい」

由紀はまず葬儀での健の配慮に感謝した。

「健さん、スケジュールを変えたの、ごめんね。お陰で、盛大な葬儀でした。私ももう大丈夫、ぜひ横浜に来て！

話したいことがいっぱいあるの、相談したいこともね」

「わかった、明日にでも出向く」

積もる話は会ってからと思う二人は手短かに電話を切った。

健はその足で浅草の鳶職の溜まり場でもある浅草建設業会館に向かった。

横浜の小山建設の社葬に、木遣りの演奏で弔意を示してくれた鳶の皆さんに謝意を伝えるためである。

偶々、事務所にいた法被姿の男が笑顔で迎えた。

「健さん、お帰り。横浜の葬儀は盛大だったよ。横浜の建設関係の人々が大勢参列して。俺たちの木遣りも感謝され、横浜まで出向いた甲斐があった。それにしても、あんたの父親は大したもんだ。

事前にわざわざ横浜に出向き、あちらの鳶職仲間に仁義を切ってきたんだ。

「他所の土地」に江戸の木遣り隊が出向くことに了解を取ったのだよ」

健も、父に木遣りを頼んだが、そこまでは考えが及ばなかった。

「へえー、そうだったんだ」

「そう、先方には木遣りの組みが無く、逆に歓迎された。我々にとってもいい経験だった。健さん、親父さんに感謝せねば…」

「ありがとう、やっぱり年の功ってやつだな。僕も誇らしいです」

観音堂裏の健の実家は相変わらず建てつけの悪い引戸が半開きになったまま。

「親父、いま戻ったよ」

大きなリュックを下ろしながら声を掛けた。

ステテコ姿で、今日も手酌で酒を飲んでいた父親が、にっこり、振り返る。

「よう、元気だったか、横浜は無事済んだよ、盛大な葬儀だったようだ」

「親父さん、ありがとう、いろいろ気を使ってくれたようで、本当にありがとう。

由紀さんも感謝していた」

「そうか、彼女から翌日、丁寧な礼状が来た。几帳面で礼儀正しい女性だな、わしも感心した」

健も珍しく神妙な表情で親父と対面する。

「俺、小山由紀さんの父親が、建設会社の社長なんて、知らなかったんだ。事故を聞いて初めて知った。彼女は、俺が建築家志望と知っていながらずーっと隠していたんだ。俺に余計な気を使わせないようにと。独立心の強い、そして気配りのある人なんだ」

「健、お前、対抗出来るか？　高嶺の花だぞ」

健は珍しく父の酒杯を取った。

「親父さん、一杯、ご馳走になるよ」

「おお、珍しいな。そこのコップをよこせ」

親父が酒を注ぐ、

「なあ、健、人生は何があるか分からん、精一杯のことをやればその結果はなんであれ、ついてくる。後悔はしないこと。母さんが見ているぞ」

健は立ち上がって母親の写真に手を合わせた。

「さあ、これから仕事、しなくちゃ、オヤジに負けないぞ」

「うん」

あとは無言で酒を注ぎあった。お袋の写真が笑っていた。

（三）

一張羅の黒いスーツを着て、健は横浜に向かった。

小山由紀の実家に行くのは勿論初めて、それもお悔やみのためだ。

横浜港を望む小高い丘にその家はあった。白い瀟洒な洋館、生垣が広がっている。健の浅草の実家とは好対照だ。

緊張して玄関先に立ちブザーを押す。

待ちわびていたように由紀が中に招き入れる。

健は挨拶もそこそこに、仏壇に直行した。

初めて拝む由紀の父親の遺影だ。面影は由紀に伝わっている。しばしじっと見上げる。由紀の母親が傍に座った。

お母さんに会うのもあのコンサート以来だ。

慣れない手つきで線香をあげた。

「この度は…」

不祝儀の際に述べる言葉がスムーズに出ない。

「お父様の不慮の事故を聞いたのはパリにいるときでした。それも街を歩いていた時でした。驚きました。信じられませんでした」

「由紀の母、美子です。この度は、お父様の計らいで木遣りのみなさんにおいでいただき、ありがとうございました。故人もさぞ喜んだことと思います。

あなた様の旅程にも差し支えがあったんじゃございませんか、由紀も心配していました。今日はわざわざありがとうございます」

「母さん、木遣りは健さんが準備したのよ」

「わかっています。外国からの手配で大変だったでしょう」

「いや、僕がもし東京にいたら、何かお手伝いが出来ると思ったのですが、何もできず…」

　やがて別室に移り、二人だけになった。

　二十畳もあるだろうか、片隅にグランドピアノが置かれていて、書棚にはいくつかの賞杯や盾が光っている。

　成人式の和服姿の写真が美しい。

「由紀さん、和服もよく似合う。素敵です」

「あの頃は無我夢中でピアノだけ弾いていたわ、疲れると、漢詩の書写をしていたの、父の勧めで。筆を持つと、ピアノとは違う指の運動になり、また気分も一新するのよ、あの壁の漢詩、父が書いたものよ。わたしが書いたのは字がよく見えないので、金釘流、いや、それにもいかない由紀流よ」

「そうか、だから李白の詩にも詳しいんだ」

「そんなこと、あったけ、お里が知れたかな」

　ようやく元気な由紀の雰囲気に戻った。

「ねえ、健さん、わたし、もうソリストの道を諦めて、ピアノ教師に徹しようと思うの。父がなく、これ以上母に負担をかけたくないので…」

「そんな…。落ち着いたらアメリカに戻るんじゃないの」

「ううん、母の憔悴《しょうすい》ぶりを見ていると、とてもそんな気にならない」

するとまもなく、母、美子がお茶を持って部屋に入って来た。

「由紀はうちが建築屋だと言うことをあなたに隠していたそうね。一級建築士のあなたに。失礼よね」

「そんなこと、ありません、由紀さんの気配りです。もっとも知っていたら、格がちがうので、厚かましくお付き合いなど、しなかったかも。でも、僕は下町の鳶職として誇りも感じています」

由紀は立ち上がって健の脇に座り直した。

「母さん、あたし、こんな素直な人とお付き合いしたのは初めてよ。

みんなあたしを持ち上げるか、利用するかよ。

この人の木遣りの説明を聞いていて、何か、すーっと心に落ちるものがあって、楽しかった。何事にも予断を持たない人…」

母はこのところ全く見せなかった笑顔を作って言った。

「そう、わたしもそう感じているわ」

健はくすぐったい思いだ。

「お母さん、由紀さん、そんなの買いかぶり、無知なだけ。なんか居心地が悪いな。行儀よくできなくて…」

葬儀後で一番心が和んだ時間が展開し、その日は夕食もご馳走になって小山家を辞去した。

8 新たな決意

(一)

横浜の小山建設では、新しい社長に由紀の亡き父親の弟、叔父の小山健作氏が就任した。同時に母、美子も取締役になった。

実質、役割りは何もないが、由紀一家の生活保障の意味もあるのだろう。

そうは言っても、全く会社に顔を出さない訳にもいかない。勢い母の由紀の世話の度合いは低下する。

それは由紀も覚悟の上だ。これまでのように、着るものの上から下まで母任せ、コンサートも同行、というわけにはいかない。

そこでソリストの道は諦めて、兼ねてオファーのあった横浜の音楽短大の非常勤講師となり、ピアノを教える側に立つことを決意、同時に作曲の勉強を始めようとした。ところがアメリカから急遽戻って十日もしないうちに、マエストロ佐藤とサンフランシスコアカデミーの連名でメールが入った。

「暮れのニューヨークでのコンサートに出演することを、再考して欲しい」と言うもの。

一週間続くショパンウイークのうち、もう一人のソリストが、交通事故で辞退したため、二人も代役では格好がつかない、由紀になんとか出て欲しい、という。マエストロ佐藤もニューヨークフィルハーモニーを指揮できる機会もそうざらにあるものではない。それに、由紀のあの演奏はすばらしかった。是非もう一度、本格デビューのチャンスを与えたい、という。

しかし由紀の方は、もうすっかり気が萎えている。

どういう言い訳で断ろうかと逡巡しているところに健から電話が入った。

木遣りに絡んだ話だったが、由紀がニューヨークからの再オファーの事を伝えると、健は励ますというよりハッパをかけるような調子で言った。

「由紀さん、行ってくださいよ。誰の言葉か忘れましたが、チャンスというものは準備をしていた者にだけ微笑むといいます。なんだったら、僕が付き人として、一緒に行きます。お父さんも期待していたんじゃないの、コンサートを。行くべきですよ」

「そんな！」

「大丈夫です、僕も自分の仕事を絡めて一緒します。クリスマスシーズンのニューヨークなんて素敵じゃないですか。あなたの身の回りの世話も男が出来る範囲内で、お母さんの代わりをしますよ。たまには自分で自分を試してみたい」

「ちょっと待って、母と相談するから…」

母は言う、

「あなたの本当の気持ちはどうなの？　確かに、お父さんは期待していたわ。でも健さんに甘えていいんだろうか。あの方も暇じゃないでしょう」

母との会話の結果を健に伝える。

健は笑った。

「僕だってニューヨークへ行けば、仕事もしてきますよ、ダウンタウンに行ってね。由紀さんが負担に感じることはないですよ」

健の言葉に意を強くした由紀はこの日から猛練習を始めた。

あと五十日はある。他のソリストに負けてなるものか、それから彼女の一心不乱の姿は、母親も別人と思うほど。

健も、暮れまでは邪魔をすまい、と連絡を控えた。

(二)

寝坊助、由紀の生活が一新した。

ニューヨークの著名ホールで、有名オーケストラと共演出来るなんて、多くのピアニストの夢、それも、一旦辞退しながら再度出演を要請される新人など前例がないだろう。もったいない。

由紀は改めて幸運に感謝した。

「何がなんでも、恥ずかしくない演奏をしなければ…」

由紀が真っ先に思い浮かべるには子どもの頃、父に手を引かれて、東京、ＮＨＫホールで聴いたブーニンの英雄ポロネーズだ。あの時、演奏が終わっても席を立てないほどびっくりした。

「えっ、音楽って何？」

幼心ながらピアノの魅力に取り憑かれた瞬間だった。

だが、あれからは文字通り苦労、苦痛の連続だった。目が不自由であったために、意地悪をされたり、いたずらされたこともあった。

中学の時、ピアノの鍵盤を全部、墨で黒く塗られ、嫌がらせと思いながらもまともに弾き終えたら、周りからキャアキャアと騒がれた事もあった。

泣き顔を隠して家に帰って母に訴えたら、

「凄いじゃない、あなたが完全にピアノを支配しているってことじゃない！　頼んでも出来ないわよ」

と笑って励ましてくれた。あの時以来、怖い物がなくなった。

朝六時、由紀には珍しい早起きだ。

Ｔシャツ姿で、スニーカーを履いてどこかへ出かようとする姿を母が見とがめた。

「由紀、どこへ行くの？　朝食前に…」

「うん、ちょっと山下公園へ」

「何しに？」

「散歩よ、練習前のトレーニング！」

「トレーニング？　じゃ、わたしもついて行く！」

「いいわよ、母さん。わたしにはお父さんがついて居るから…」

母は由紀の並々ならぬ決意のようなものを感じた。

「わかった、いってらっしゃい。気をつけて！」

このところ由紀は何事もひとに頼らず、自立を意識している。

サンフランシスコで身につけた臨機応変の対応、不調なら不調を逆に利用する練習法。前は一日四時間程の練習だったが、今では途中に変化をつけて手を抜く方法も編み出した。力まず、平常心、上手に見せようとしない。

この方法で、殆ど終日、ピアノに向かっている。

でも時には街に買い物に出かけ、クラシックとは全く関係のないジャズや民謡のＣＤを買ってくる。これは西田健の影響だ。

音楽は歌心を理解することが肝心。上手に弾くことではなく、楽しく弾くこと「由紀のショパン」に徹しよう。

ある時、しばらくぶりで健からメールが入る。

「元気で頑張っていることと推察しています。パソコンをいじっていたら、こんな言葉に出会いました。

あのヤッシャ・ハイフェッツの言葉です。先刻ご存知かと思いますが、僕には新鮮に聞こえましたので、記します。

ソリストの心得だそうです。

「一に、闘牛士のような勇気、二に、バレリーナのような繊細さ、三は、夜のバーを経営するマダムのような忍耐力」

バーのマダムに忍耐力があるかどうかは知らないけど、由紀さんの忍耐力は僕には脱帽ものだものね。

成功、請け合い。あまり邪魔しませーん、健」

由紀から返信。

「メール、ありがとう
力まず、平常心で毎日、ピアノに向かっています。

だけど「ピアノ馬鹿」にならないように、適当に息抜きもしていますから、ご安心ください。年末、あなたの期待を裏切らないよう、頑張るわ、由紀」


由紀が練習に精魂を込めている頃、健の方にも変化があった。

健が勤めている建設会社、というより、中堅の工務店だが、そこに、店のリニューアルの依頼があり、健がその設計を任された。

実社会に出て初めての仕事らしい仕事。それも調べると、あの潰れた大洋軒の後の外資系のコーヒー店だ。親父が、「また浅草が一つ消える」と嘆いたあの店ではないか。

健は外資系コーヒー店をどう浅草に同化させるか、その腕が問われている、と自覚した。

由紀とは全く別世界で試される力、さあ、どう対応して行くか。

9 浅草を見直す

（一）

西田健は営業の担当者と共に発注先の外資会社の東京事務所を訪ねた。

先方の担当者は日本人。早速設計図を広げて、自分達の希望を伝える。

「わたし達は世界でコーヒー店を展開していて、コーポレートイメージが確立しています。西田さん、細部はお任せしますが、この図面をベースにお願いします」

設計はもう自分たちで出来ている、この通りやれ、と言わんばかりである。

健は内心、むっと来たが、そこはご依頼主、穏やかに聞いた。

「お宅様は、このお店をどう位置付けておられるのですか、「浅草のコーヒー店」と考えておられるのか、それともチェーン店の一つと」

「それはどういう意味ですか」

「いや、若造のわたしがとやかくいうのは口幅ったいようですが、わたしはここの出身ですので、できれば浅草の香りがするような店が出来ないかと日頃から思っているものですから…」

「……」

返事がない。健が慌てる。

「すみません、仕事を頂いた側がこんなことを言って…。取り消します。御社のご指示通り、工事をいたします」

今度は発注側の方が動揺した。

「西田さんと言われましたね、ちょっと待ってください、上の者を呼んで来ます」

ほどなく、上司が工務店の経歴書を持って現れた。

「わたし、井出と言います。西田さんでしたね、経歴書によるとあなた、早稲田の遠藤先生の門下ですね、お見それしました。

いいでしょう、基本はうちの設計に置いて貰いながら、お任せします、「浅草のコーヒー店」に」

　健は深々と頭を下げた。

「ありがとうございます。井出様の面子が潰れないものを作ります」

　二人は握手した。

　さあ大変だ。急遽設計直しが始まった。

　健の新しい店は、コーヒー店のロゴだけを残して、系列店とは全く別物の外装、外観、内部もテーブル椅子のデザインから配置まで一変させた。

　外観は木製の下見板に防腐剤塗り、大きなガラス窓には格子が入っている。

　一見、江戸時代の居酒屋風だが入り口の自動ドアを開けるとゆったりした畳椅子、それにオランダ屋敷を思わせるようなクラシックなテーブル、椅子が配置されている。

　一番目立った変更はトイレである。客席の合間をぬって目立たぬ所へ行くようなものではなく、バリアフリーで、スライディングドア。中は広々とし、最新の洗浄式トイレ、全面白壁で、清潔感いっぱい、そこにはロゴマークがひとつだけ描かれている。

　一方の壁面全面には、トイレットペーパーが装飾としてまるで花模様のように鏡の周りに配されている。何かリッチになった気分だ。

健には兼ねてからの持論がある。

人間、毎日使う場所で、もっともおろそかにされている場所、それは便所で、これは世界共通だ。ここを一日で最も快適な場所にする。それを浅草から始めたい。


和装店の隣にあったレストラン、元大洋軒、今はＳＢコーヒー店が新規開店。

それが他の浅草の商店と何の違和感もなく並んでだ。

この店は遊び心も心得ている。入口を入るとすぐ脇に、法被を着た男女のイラストが描かれてあり、それにこう書かれている。

『～音入れはこちら』

健のいたずら心だ。音入れを、平板で発音してください。おトイレ。気づいた客はニヤリとしてドアを開ける。

コーヒー店は順調に客足を伸ばした。

そこで想定外のことが起きた。

トイレが好評で、トイレ目的で来店する客も出て来たのである。中には店長にこのトイレを設計した工務店を紹介して、という御仁まで現れた。

そこで健は工務店の社長に提案した。

「社長、浅草の商店街全部に、家の者ばかりでなく来店者も使える「居心地のいいトイレ」を作りませんか。外国人観光客も気軽に立ち寄れるような」

「うーん、面白い発想だな。そこで外国人と新しい交流ができるかも。区の観光課に提案して見よう」

反応は早かった。浅草ロック街の天麩羅店がまず手を上げた。

「ちょうど改装を考えていた時だ。あのコーヒー店に寄って、目から鱗の思い、是非お願いしたい、あのマークもね」

「マーク？」

「音入れ、だよ。デザインもいい。ステッカーにして貼りたい」

それから健は「トイレ設計」に専念する日々が続いた。

「音入れ」のステッカーも、デザインを一新、法被姿の男女のイラストが好評。それだけを求める人が工務店にやって来る始末。

ひと息ついて健がカレンダーを見ると、もう十二月。

「あっ、いけない、由紀さんの方はどうなっているか。俺も準備しなきゃ」

そう思って久し振りに電話を入れてみる。

由紀の明るい声が返って来た。

「健さん、冷たいわね、あたしの練習振りが気にならないの。こちらは順調よ」

「よかった！　僕みたいな素人が、余計なことを言ってはいけない、と思って遠慮していました。こっちもちょっとした事で忙しくてね」

「なに？それ」

健は気を持たすように言った。

「今度会う時にね。浅草の新機軸」

「ふーん、楽しみね。健さん、本当にニューヨークへ行ってくれるの？」

「何、お世辞だと思ったの。由紀さんの邪魔にならないようにくっついていくにはどうしたらいいか、色々考えているんです。航空券の手配もしなければならないし…」

「嬉しいわ。アゴ・アシは先方持ちだから、健さんは気にしなくて大丈夫。あなたはマネジャーということで…」

「そんな、僕は荷物運び程度のことしかできない。由紀さんの杖代わりです」

(二)

十二月二十日、二人は由紀の母、美子の見送りを受けて羽田を発ちニューヨークに向かった。

ケネディ空港の到着ビルのロビーには、巨大なクリスマスツリーが飛行機から降りてくる客を待ち受けていた。あのロックフェラーセンターの有名なツリーと同じ大きさだ。

由紀と健がその大きなツリーをびっくりして見上げていると声が掛かった。

「ハーイ、ユキ。ウエルカム、トゥニューヨーク！」

マエストロ佐藤だ。

佐藤はそばにいた西田健にもすぐ気が付き、

「西田さんでしたね、お疲れ様です。いやご苦労様と言うべきかな、いずれにしても大歓迎です」

三人の社交辞令の挨拶はそこそこに、

「今日は長旅で疲れているでしょうから、取り敢えず宿舎まで案内します。もちろん、お二人、別々の部屋を取ってありますから御心配なく…」

荷物を取り、タクシー乗り場に来ると、冷たい風が吹き抜け、由紀の帽子が飛ばされそうになる。

「マエストロ、寒いわね、ニューヨークは。東京は暖冬だったから余計寒い、凍りそう」

「大丈夫、寒波は週末には抜けるらしい。極寒のクリスマスシーズンもニューヨークらしくていいもんだよ」

僅か一週間程先に着いたのに、佐藤は先輩ヅラして笑う。

着いたところはセントラルパークを望む高級コンドミニアムの一角にある長期滞在

者用のアパートだ。ニューヨークフィルハーモニー楽団がゲスト用に常時確保してあるとのこと。高級ホテル並みの設備、キッチンもついている。

「由紀さん、ここからリンカーンセンターへは歩いて行けるよ。僕は他のホテルにいる」

そう言って佐藤はホテル名と電話番号、部屋ナンバーを書き記し、二人に渡した。

「由紀さん、西田さん、とにかく、今日はお疲れだろうから、僕はここで失礼するよ。明日昼、どこかで食事を取りながら、打ち合わせをしましょう」

由紀と健は旅慣れたマエストロの気配りに感謝して、とりあえず別れた。

二人きりになった。

目が不自由な由紀のために、健は遠慮がちに、由紀の部屋に入り、由紀の荷物を解いた。女性の部屋に男が入るのにはドアを開け放しにしておくのがエチケットと心得ている健は、自分のトランクをドアの間に挟んだ。

「健さん、そんなに気を使わなくてよくてよ。あなたはわたしの弟！　そうでなければ、一緒に来たりしないわ。ドアを閉めて！」

健はくすぐったそうな表情をして言った。

「わかった、じゃ、遠慮しない。なんだか嬉しいようで嬉しくないような」

由紀はいたずらっぽく健を見つめる。

「健さんの困った顔、もっとよく見えるといいんだけど…。健さん、男と女は、しばらく休戦よ」

「そうだよな。僕、仕事に来たんだもんな」

あとはビジネスライクに荷物を整理し、しばらく休んだ後、街に出ることにした。

真冬のニューヨークは二人にとって初めて。窓から見える路上のマンホールから蒸気が吹き出しているのが珍しい。路面下を走っている市中暖房管の熱だ。

この寒さにもかかわらず、セントラルパーク前には、観光客用の馬車が客待ちをしている。

「ねえ、健さん、演奏会が終わったら、あの馬車に乗ろう！」

「そうだね、馭者《ぎょしゃ》をやりたい」

二人は浅草で出会った当時に思いを馳せていた。

10　ニューヨークの本舞台

（一）

ニューヨークに着いた翌日、マエストロ佐藤の案内で、ニューヨークの有名なステーキハウス、「クオリティーミーツ」に向かった。

ここの熟成肉が評判で、なかなか予約がとれない。

「由紀さん、ニューヨークに来たら、君を是非ここへ連れてこようと思っていたんだよ。肉好きの君にね」

「わぁ、嬉しい」

店は二人の宿舎から歩いていけるセントラルパークの南にある。

大きな木製のドアを開け、階段を少し降りる。半地下で隠れ屋のようだが、中はな

かなか洒落ている。シックでモダン。建築家の西田はその方でも興味津々、じっくりあたりを見回していると、佐藤が、

「西田さん、トイレに行ってみて！　ユニークな作りだよ」

「えっ、どうして僕がトイレに興味があるってご存知なんですか」

「興味があるの？　知らなかった。でもウォシュレットはないよ」

そんなやりとりを横で聞いていた由紀が、

「この人、今、浅草でトイレ革命をやっているのよ」

と言いながら、昨晩、健から聞いた、浅草の新しいトイレの話を健に代わって得意そうに話し始めた。

「へぇ、浅草の再興か。いいな、わたしも興味がある。日本に戻ったら是非、伺うよ」

早速、健はボーイの案内でトイレに向かった。

ドアを開けて驚いた。広々としたまさに「個室」で、壁の一面が全てタオル置き場になっていて、クラシックな洗面台、椅子まで置いてある。アール・デコのランプ、便座に座っていると、ここにちょっと長居したい気分にさせる。

「どう？　変わっているでしょう」

佐藤が同意を求める。

「いや、驚きました。参考になります」

三人は音楽談義になると思ったら、とんだ話題で昼食が始まった。

お陰で、門外漢の健も仲間にも入れてもらった気分で話題は自然と演奏会に入る。

「西田さん、この人のピアノを聴きました？」

「勿論です。わたしは素人です。素直な気持ちで聴いて、素晴らしいと思いました」

「その素直な気持ちに聴衆をさせる何かを、由紀さんは持っているんです。

わたしはそれが羨ましく、今回、来てもらったのです」

由紀は照れる、健は頷く。あとは冗談を言いあって楽しい食事となった。

その後は具体的なスケジュールの調整、練習日、オケとの顔合わせなどを決め、リンカーンセンターの演奏会場の下見に向かった。

ブロードウェイを少し下がり、道路から数段の石段を登ると、大きな噴水広場がある。ここがセンターの文字通り「中心」だ。その奥にデンと構えているのがメトロポリタンオペラハウス、右手にあるのが憧れのホール。

由紀も健も初めて見る殿堂だ。威圧されそうな、超近代的な作り。二人はそれぞれ違う視点からじっと眺める。

係員が佐藤に気づいて、閉まっていた正面の扉を開けて、中を案内してくれた。想像していたものよりずっと広く豪華なホワイエ。

二千八百人収容のホールはあの真っ赤な絨毯が印象のカーネギーホールとはまた違った豪華さだ。

健が囁く。

「由紀さん、あの天井の高さ、見て！　天井桟敷も。素晴らしい」

弱視の由紀も空を仰ぐ。その空気で空間の広さを感じているようだ。

「ほんと、こんなところで演奏できるなんて、幸せというより怖いわ」

ステージの裏側に向かう。

ピアノもあるリハーサル用の大部屋は勿論、出演者のためのカフェテリア式の食堂、休憩室、ドレスルームと至れり尽くせりだ。

「ここで皆さん練習するんですか」

健がど素人らしく佐藤に尋ねる。

「そう、だけど練習というより、野球で言えば、軽く肩慣らしをするようなもの。由紀さんには殆ど必要ない」

「そんなこと！　場馴れするにも必要よ」

通常、演奏家は、直前でも平常と変わらぬ練習をするそうだ。

特に力を入れず、抜きもしない。

由紀もリハーサルの間をぬって、他のジャンルのコンサートに顔を出したり、公園を散歩したりしているけれど、美術館には行けないのが辛い。

やっぱり目が不自由というのは大きなハンディだ。

その意味で、西田健が側にいてくれるのは有難い。

彼の勧めでメトロポリタン美術館へ向かった。

大都会のど真ん中にありながら、美術館には一歩足を入れると静寂そのもの、観客の足音だけが静かに響く。由紀が経験した中で、音のしない心地良さ。これが美術館か。

付き添った健が、展示されている絵画の説明をする。作品の大きさ、色形、モチーフを説明し、健が作品の印象を語る。

だが美術品を見て主観を語るのは怖い。自分だけ偏った見方をしているのではないか。

健自身、驚いた。ゴッホの作品を由紀に説明しようと思った時である。見慣れた絵を説明のために改めて見ると、これまで背景の山だと思っていたのが樹木なのである。これまでいかにいい加減にものを見ていたのか。

「由紀さん、絵の見方はわたしの独断です。でも公正な見方は誰もわからないもんね」

「いいのよ、今日はとても新鮮よ。わたしもあなたと同じことを音楽でやっているんだから」

そう言って由紀は笑った。

（二）

一週間は早い。

今日はいよいよ演奏会当日。小山由紀のニューヨークデビューの日だ。

午前中にはオーケストラとのゲネプロ（最終のリハーサル）がある。

この地では、ゲネプロを、お金をとって一般人にも解放しその売り上げはチャリティーになるらしい。日本ではこういう慣習はない。

健はこれ幸いと、コンサート会場に由紀と一緒に向かった。勿論行く所は客席と楽屋。

リハーサルは全曲通してやるのか、一つの楽章だけ、やるのか、それは指揮者次第。

朝なのに、会場はそこそこの聴衆で埋まっている。本番のチケットが取れない人、それに日本からの旅行客らしく「ラッキー」と声を上げ、健のそばに座った人がいる。そのひとりが健に声をかけた。

「お宅、どのツアー？」

健は苦笑い。

「東京から、単独で…」

「今日のソリストは、日本人女性だって？　嬉しいわ」

「そう、指揮者の佐藤洋一も評判です」

話の深入りは禁物、と健は早々に席を替える。ホールの半分近くが埋まった。

指揮者以下、全員ラフな普段着、由紀も白いブラウス姿で現れた。

「おはようございます。コンチェルトだけ、サライます。今日のソリスト、若いお嬢さんをいじめないで！」

楽団員、全員が立ち上がって歓声を上げる。温かい雰囲気が、客席の健にも伝わってくる。

由紀もにっこり楽団員に向かって手を上げた。

早速演奏が始まる。

第一楽章の冒頭のオケの演奏が長い。

だいぶしてから、由紀の最初の一指がでーんと響く。健は気が気じゃない。

聞き慣れたメロディーがゆっくり、優美に続く。

由紀の表情は全く落ち着いていて、ゆとりさえ感じられる。

著名オケを前に、堂々たる演奏だ。健は自分が指揮者になったような気分。

途中、テンポがやや早くなった所で、マエストロ佐藤は演奏を止め、由紀の方を見つめながら楽団員に何か指示をした。何が問題か、健にはわからない。

それ以外は順調に演奏が進む。軽快で、繊細…。

由紀の希望で三楽章全部をさらう。

「もうけもの」で朝の演奏を聴く機会のあった旅行者たちは満足そうに会場を去った。

夕方六時、ホールの正面扉が開く。

待ちわびていた本番、聴衆が次々と会場に入って来る。

日本に比べると、正装に近い服装の人が多い。チケットは完売している。

配られたプログラムで、小山由紀の目が不自由であることを初めて知った一人が健に声をかけた。

「ミスコヤマはツジイ・ノブユキを知っているの？　この夏にセントラルパークの野

外音楽堂で彼の演奏を聴いたけれど、素晴らしかった。今日も期待しています」

健は我が事のように嬉しくなり、

「日本でも有望な新人です。マエストロ佐藤のお気に入りです」

定刻七時、開演。
演奏曲目
ベートベン、エグモント序曲、
ブラームス、交響曲一番、
それに、由紀のショパンのピアノ協奏曲一番。
前半の演奏が終わって、休憩。ピアノが中央に運び込まれる。
健は客席の前列、中央部に席を取り、胸に由紀の父親の小さな写真を抱えている。羽田を出発した折、由紀の母親からそっと預かったものだ。
やがてオーケストラの楽員が戻って着席、指揮者の佐藤洋一が、小山由紀の手を取って左の袖からゆっくり登場。大きな拍手が沸き上がる。

由紀は真っ赤なロングドレスでどこか恥ずかしげ、初々しさを体一杯にして客席に向かって会釈する。改めて大拍手。

由紀の目が不自由なことは聴衆も先刻承知のようだ。だがそのすらっとしたスタイルと長い髪、整った顔つき、そこには障害を感じさせない。

健も惚れ惚れするような表情でステージを見上げる。

由紀がピアノの脇で改めて楽員に会釈、着席した。静寂。

一刻、間があって、佐藤の指揮棒が下りる。

ショパンのピアノ協奏曲、第一番、ホ短調。

聴く方の健も張り詰めた緊張感で一杯だ。

第一楽章、長い冒頭のオケの演奏がゆったり流れる、主題が繰りかえされるが、なかなか由紀の出番がない。

曲の構成を知っている健だが、やきもきするうちに、由紀の指が動く。

ダーン、タタタ、ターン。

しっかりと、そして軽やかな指使い。

その瞬間、健は安心した。こんな気持ちで聴いている聴衆は他にはいないだろうと思う。

由紀は微かに笑みを浮かべながら、自信たっぷり。

健もようやく、深々と椅子に腰を沈め、演奏に耳目を傾ける気になった。

ゆったりとした第二楽章、胸を打つ切ないメロディー、ピアノが静かに緩急を交えてソロを弾く。

ショパンの恋心が伝わってくるようだ。健が一番好きなところ。

「由紀さん、うまい」

健が心で叫ぶ。澄み切った音、優しく、美しく…。

マエストロ佐藤も時折由紀を振り向き笑みを浮かべる。

第三楽章、
今度は短い序奏のあと、華やかなロンド。曲をクライマックスに盛り上げて行く。由紀の全力を絞った熱演だ。

たっぷり四十分、静かに全曲の幕は閉じた。

満場総立ちになって拍手を送る。

指揮者に手を取られて、由紀が聴衆に深々と頭を下げる。また大拍手。

一旦退くと、また登場催促の手拍子が広がる。

三度目で、由紀はアンコールに応えてピアノの前に座った。

再び会場が静まると、思わぬメロディーが流れ出した。

健も驚く、何と、日本の木遣り風な曲じゃないか。

一瞬、場内にざわつきが起こるが、たちまち鎮まった。三分ほどの、日本の情緒を交えた新曲である。弾き終わって由紀が頭を下げると、またまた拍手と手拍子。

演奏会が終わったホワイエには由紀のアンコールの曲目が掲示された。

「「木遣り変奏曲」作曲、小山由紀、アメリカ初演」とある。

それを見た健は仰天の驚きだ。

流石に指揮者の佐藤洋一は知っていて、彼が由紀から朝のリハーサルの休憩時に、半分いたずらで、佐藤に聴いて貰ったところ、面白い、アンコールにしよう、と提案したものとわかった。

驚いたのは健ばかりでない。掲示板を指差して何人ものお客が語りあっている。

健の感動というか驚愕というか、尋常じゃない。

ステージ裏で由紀を捉えると、「由紀さん！」と言ったきり、しばらく声が出ない。

はじめは演奏後駆けつけて、労をいたわるつもりでもあったが、泣き面になった。

「由紀さん、ごめんなさい。僕の考えが浅くて！　練習の最中にも、浅草の事を考えていてくれたんですね、ありがとう。他に言葉がありません」

由紀は笑顔で答えた。

「健さん、ショパンの練習をしていて、くたびれたとき、気分転換に作曲したのよ。どうでした。あなたのことを思いながら…楽しかった」

「由紀さん、嬉しくて…。あの曲、いろいろ広める方法を考えます」

楽団員も加わる。

「ユキ、素晴らしかったよ。アンコールも」

お世辞でもないらしい、メロディーを口ずさんでいる。

この夜はホールの食堂で、佐藤と小山のお別れパーティーが開かれ、健もご相伴にあずかった。

由紀が、この席で日本の童謡をアカペラで歌った。これも健には初めて。

上手なアルト、これも予想外、健は由紀の懐の深さのようなものを感じている。

ニューヨークの年末は、二人にとって実りのある楽しいものになった。

11 セントラルパークの契り

記念すべきニューヨークコンサートを無事終え、由紀は母に成果を電話で報告。

「健さんが、献身的にサポートしてくれて、安心して演奏に臨めた」

と伝えた。脇で聴いていた健は照れながら、電話を引きついだ。

「お母さん、由紀さんの演奏、素敵で完璧でした。それに、木遣り変奏曲」

母はびっくり。

「えっ、アレ披露したの？」

「ええ、大好評でした」

「そう、良かった。ここでは、由紀、ショパンの演奏と同じぐらいの時間をかけていたのよ」

「母さん、そんなこと、バラさないで！　値打ちが下がっちゃう」

「いやー、ステキな曲です。日本で、浅草で是非広めます」

その日の夜、二人は日本に帰る。その前に行くところがある。

「健さん、忘れたの、セントラルパークの馬車に乗る約束よ」

「忘れちゃいません。だけど僕から言い出しにくくて…」

「何で？」

「だって、由紀さん、偉くなりすぎちゃって」

「馬鹿ね、じゃ、今から行きましょう、今日は天気もいいし…」

今日はこの時期のニューヨークには珍しい快晴。

プラザホテルの前から馬車に乗った。

なんとあの雷門で二人が出会ってちょうど二年になる。二人はこのことに気づいているが敢えて言わない。

セントラルパークの中に入った。

膝掛けを貰う。由紀の肩が寒そうなので、健がコートを脱いでかけると、

「思い出すわ、人力車で健さん、赤い毛布を掛けてくれたわね」

「そんなこと、あったかな」

馬車は公園内を北に向かう。園内の落葉樹は裸で殺風景だが、日比谷公園とは比較にならない広大なパーク、常緑樹林も広がり、ジョギングしている人、ボールを追っている子ども達などで賑わっている。

その公園の中には湖があり、広大な芝生の庭が数ヶ所、動物園、自然博物館もある。この時期は二ヶ所の屋外アイススケートリンクが人気だ。

馬車でも一時間では回りきれない。二人は肩を寄せ合う。

「こうして二人で居ると楽しい。健さん、ずっと一緒にいてくれる?」

「ずっとって、いつまで?」

「死ぬまで…」

「それって…」

「そう、わたしが言い寄っているのよ。弟じゃなくて…」

健に抱きつき頬ずりをした。

「僕、夢を見ている。嬉しい、僕の方から言い難くて」

「だけど、健さん、結婚してって言っているんじゃないわ」

思わず、一旦抱きついた身を離す。

「えっ！どういう事？」

「わたしは子どもの時から、諦めています、普通の結婚生活を。だってわたしを嫁にしたら、厄介だもの。目が不自由ってご主人に何もできないもん」

「なーんだ、そんなことか、古い、古い。由紀さんは、ピアニストとしての自分の道を歩めばいいんだ。今度、自信を持たれたでしょう。僕は僕の道を行く。お互い、人生をアドバイスしながら生きていけたら最高。

由紀さんも言ったじゃない、人生、楽しいことばかりじゃない、と。忘れてはいません。順境より逆境の時が大切なんです」

由紀が唇を求めてきた。辺りを構わぬ馬上でのキスだ。

「健さんはまだ若いから、自由にしていいのよ。わたしはもう決めました、
そう、結婚するのは五年後にしない？　わたしはあなたに一目置かれるよう頑張り

ます」

「わかった、俺、いや僕も頑張る。それにしても、由紀さんの演奏、変わった、姿勢も…」

「それ、わかった？　いつからだと思う？」

「さあー」

「昨日からよ」

「えっ、昨日から？」

由紀は馬車の中で健と向き合った。

「そう、おととい、メトロポリタン美術館へ連れて行ってくれたでしょう」

「うん、ニューヨークに来たからには行かなければいけない、と思って。目の不自由な由紀さんにも、雰囲気だけでも味わって貰おうと…。なんか悪いこと、だったかな」

「とんでもない。嬉しかった。というより目から鱗、こんな言葉、可笑しいかしら、わたし、新発見したのよ」

「何？」

「あなたが、ゴッホの作品の前で、『アレ、このバック、山かと思っていたら樹なんだ、いい加減に見ていた』って言ったでしょう」

「うん、由紀さんが見えない分、僕がよく見て説明しなければ、と思ったんだ。でも所詮、僕の一方的な見方です」

「そうよ、それでいいのよ、前にどこかの美術館で学芸員が、解説書を読むような説明をしてくれたことがあったけれど、絵画は見る人によって皆違う筈。まして、目の見えない人にはとっては白紙委任よ」

「そうだな」

「そこで思ったの、音楽も同じだと。ショパンという画家が描いた絵を、演奏者は自分なりに解釈して、お客に見せる、いや聴かせるのでしょう。

音楽に疎い人には、絵画をわたしに見せるのと同じ、白紙から。

演奏家の役割は大事だと思うと同時に、『説明』は見た人、音楽では楽譜を見て音にした人の主観です、違いますか。

わたしのショパンは、所詮、わたしのもの。上手も下手もない、そう思った瞬間、すっかり気が楽になった。著名な演奏家の真似をすることはない、と。

そんな事は理屈ではわかっていたんだけれど、健さんのゴッホの説明で、実感したのよ」

「お粗末な説明でごめん！」

「馬鹿ね、そんな意味じゃない！」

「解っていまーす！」

二人はまた抱きあった。

12　浅草ばんざい

（一）

帰国。

新装なった羽田国際空港の出発口は、年末ギリギリで海外に向かう日本人客で大混雑していたが、到着口は逆に外国人が多い。

迎えの関係者と派手にハグしたり握手したりしている多彩な群衆の中、頭に巻いたスカーフをキュッと締め、真っ黒のパンツスーツ姿で健を従えた風の由紀が、満面笑顔で颯爽と現れた。

はたから見ると、二人は出発前より親しげだ。

二人の姿を見つけた由紀の母が真っ先に飛び出して来た。

何かを手にしている。

「由紀、ここよ。お帰りなさい。これ、今朝メールで届いた、ニューヨークタイムズの記事よ、見て。佐藤さんから送ってきた。あなたの演奏をベタ誉めしているの。「バラエティー誌」も好意的な批評らしい。別便で送るって。

わたし、飛び上がっちゃった。これ、コピー。一刻も早く伝えようと思って、ここまで持って来ちゃった」

由紀も驚く。

「え？ホント」

健も傍から母子の会話に首を突っ込む。

「お母さん、お久しぶり」

「あら、ごめんなさい。お帰り！　健さんのおかげよ。ありがとう」

「由紀さんの演奏は最高でした。お母さんにも聴いてもらいたかった」

すると後ろから数人の若い男性が健に声をかける。

「お帰りなさい、西田さん！」

西田は驚き振り向き驚く。

「何ですか、大勢で…」

西田が勤める工務店の部長である。

「あれ、部長、今日の主役は小山由紀さんですよ」

名指しされた部長は笑いながら、手を伸ばした。

「西田君、君の「音入れ」が大変なんだ。注文殺到で…。

年末には間に合わせて！というのもあるんだ。君の設計でね」

西田の同僚も加わる。

「そうなんです。だから、ここから直行して欲しい。今日は迎えじゃない。拉致です！」

「そんな馬鹿な」

由紀も荷物をそっちのけで、

「健さん、あの話でしょう。すてき、素敵、わたしも行く！」

由紀の母、美子は何のことか、わからない。

「なんですか、音入れ、って」

「浅草のおはなし！」

「木遣り？」

「違う！」

笑いが広がる。近くの外国人たちが、この騒ぎに怪訝な表情で通りすぎる。

一行は駐車場へと急いだ。由紀も母親も有無もいわず連れて行かれる。

「小山さん、横浜のご自宅までお送りします。西田君、回り道になるけど、そのあと、本社へ立ち寄って欲しい。疲れているところ、すまんが…」

工務店のワゴン車が車寄せに入ってくる。

「小山さんのお母さん、それに由紀さんと言われましたか、こんな車ですがどうぞ中へ」

ワゴン車は一路横浜へ。車中、健が部長に由紀さんの偉業を伝える。

「由紀さんがニューヨークで、アンコールに木遣りの歌を変奏曲にして披露したんですよ。浅草の宣伝をニューヨークでしたようなもの、それがまた好評なんです、もう嬉しいなんてもんじゃない…」

「えっ、そうなんだ。これは大ニュース。台東区長にも伝えねば…」

クラシック音痴の部長も木遣りと聞いて由紀さんに向かって最敬礼。

「西田君、君の浅草再興の夢が見えてきたようだな」

健は黙って頷く。

（二）

日本に戻った翌日。

浅草国際通りにある大きなシティホテルでの打ち合わせが昼間から深夜に及んだ。

例の「音入れ」である。

ロック街にある天麩羅屋、それに雷門通りに出来たコーヒーショップの「音入れ」がきっかけになって、健が勤める工務店に脚光が浴びるようになった。それも、急激である。すでに着工しているのが十箇所、受注残は三十件に及ぶ。

トイレを居間同様、住宅の一部屋と捉える健の発想が、洋式化が深化する中で、バリアフリーの思想の延長である全ドア、スライディング、引き戸方式のモデルハウスと共に、注目されだした。

いずれも西田健の前例にとらわれない自由な発想の成果である。

工務店の社長、名前はこの際どうでもいいが、一応示して置く。

高畑勝という叩き上げの大工だ。

「小山君、もう俺の時代は終わった。浅草の改革は君たち若者に任せるよ。自由にやってくれ」

「はい、わたしは、家は人間の住むところ、一日で、どの場所で過ごす時間が多いか、それに、使う頻度の多い所はどこかと考えたのです。

滅多に来ない来客用の部屋を重視するのは時代遅れ、でも浅草ではまだそれが多いのです。

商店、特に飲食店で来客が頻繁に使う所、それは便所です。それをなんとか居心地のいい場所、もうちょっと居てもいいと思うような場所にしたい、と思ったのです。それにバリアフリー。車椅子が楽々入れる引き戸、スライディングドアです。

引き戸は日本建築の最大の利点です。これを利用しない手はない。

今、どんな高層近代ビルでも、入り口は左右の引き戸です。自動であっても。回転ドアは時代遅れ。

車もスライディングドアが増えて来たでしょう。

昔、コナン・ドイルの小説に出てくる汽車のドアは押し引きするモノと決まっていましたが、今では、新幹線でわかるように、スライドです。

車椅子、杖をついたひとのことを考えたら、ドアというドアは全てスライド式に、というのが私の主義。極めて単純です」

健の熱弁は続く。

「あのコーヒー店では、思い切って、広くしました。手洗い盤の上に丸鏡を置き、周辺をトイレットペーパーで向日葵のように飾ったのです。

トイレットペーパーが装飾に使われたのは初めてじゃないでしょうか。

他に洋服掛け、物置台、子ども用のトイレ椅子なども、標準仕様にしました。もちろん、便器そのものは、日本の発明品、「洗浄式」です。トイレを「音入れ」としたのは、ちょっとしたシャレのつもりだったのですが、利用者から好評で、ドアに付けたステッカーがすぐなくなってしまうほどです。いっそのこと、ステッカーだけ、別売りしましょうか」

健の講釈は長かったが、自信に満ちていた。

工務店の作業場が多忙を極め、便器を納める衛生陶器の大手からも援軍が来るようになる。例のステッカーは、メーカーが宣伝用を兼ねて多量に作り、店先に置いた。絵葉書扱いである。

トイレの改装注文は、商店ばかりでなく、町家にも広がった。

年度末になった三月、健に外資系のコーヒーチェーンの本社から、感謝状が贈られることになった。健は嬉しくなって由紀を横浜から呼んだ。

贈呈式は、あの大洋軒の後に出来た店で行われた。工務店の高畑社長、健の父親、祐太郎氏も法被姿で嬉しそう。

あの時、内装を任せてくれた井出部長が笑顔で挨拶。

その中で、

「外国の来客から、あのトイレのおかげで、日本人と多彩なコミュニケーションが出来たと聞きました。あれは、新しい文化交流のツールです」

と絶賛した。

由紀も健に真っ赤な薔薇の花束を贈呈した。

健は笑顔で由紀をハグしながらこう言った。

「由紀さん、ありがとう。今度はロック街に、からくり時計を作るんだ。人形は法被姿の木遣り師で、音楽は君の木遣り変奏曲だよ」

由紀が耳元で囁いた。

「まだ他に作るものがあるわよ！」

「何？」

「私たちの愛の巣。浅草にきーめた！」

空耳か、何処からか木遣りの掛け声が聞こえてくる。

（完）